MIS YR ŶD

Cyhoeddwyd gan CAA Cymru, Prifysgol Aberystwyth,
Plas Gogerddan, Aberystwyth SY23 3EB (www.aber.ac.uk/caa).

Ariennir gan Lywodraeth Cymru fel rhan o'i rhaglen
gomisiynu adnoddau addysgu a dysgu Cymraeg a dwyieithog.

Ariennir gan
Lywodraeth Cymru
Funded by
Welsh Government

Byd Addysg
In Education

ISBN: 978-1-84521-700-6

Golygwyd gan Delyth Ifan a Marian Beech Hughes
Argraffwyd gan Y Lolfa

Diolch i Karina Wyn Dafis, Eirian Môn Roberts, Janet Thomas
ac Owain Siôn Williams am eu harweiniad gwerthfawr.
Diolch hefyd i Manon Tudur (Ysgol Glan Clwyd) am dreialu'r deunydd.

MIS YR ŶD

Manon Steffan Ros

I Gwilym, Currig a Joseff

Pennod 1

Roedd hi'n bnawn Gwener pan glywais i. Dwi'n
ei gofio fo'n iawn, achos roedd 'na barti yn y clwb
ieuenctid y noson honno, a finnau'n trio chwilio am
rywbeth call i'w wisgo.

'Mam, 'da chi 'di gweld fy nghrys glas i?' bloeddiais
wrth daflu popeth allan o fy nghwpwrdd dillad.
Roedd pob dim oedd gen i yn edrych mor flêr!
Wnaeth Mam ddim ateb, felly es i i mewn i'w llofft
i ofyn eto – ond roedd hi'n sefyll yn llonydd wrth y
ffenest, yn syllu allan ar y lôn.

'Be sy'n bod?' Cerddais draw ati, ac edrych allan.

Carafannau. Rhai mawr, sgleiniog, yn cael eu
tynnu gan dryciau mawr crand. Un ar ôl y llall, yn
cropian drwy'r dref tuag at lan y môr.

'Pobl ar eu gwyliau?' gofynnais yn syn. Roedd ein
tref ni'n denu llawer o ymwelwyr yn yr haf.

'Gwaeth. Sipsiwn,' atebodd Mam yn flinedig.
Roedd ganddi baned o de yn ei llaw oedd yn edrych
yn oer, heb stêm yn codi ohoni o gwbl.

'Sipsiwn?' Edrychais allan eto. 'O'n i'n meddwl
mai carafannau pren lliwgar oedd ganddyn nhw.'

'Ma'r rheiny wedi hen fynd. Carafáns crand fel 'ma sydd ganddyn nhw rŵan.'

'Cŵl.'

'Nac ydi wir, dydi o ddim yn cŵl. Mi fydd dy dad yn wyllt gacwn.' Trodd Mam ar ei sawdl a gadael y llofft, ac wrth i mi edrych allan ar yr olaf o'r carafannau yn taranu heibio, meddyliais, 'Sut fedr rhywun fod yn wyllt gacwn am lwyth o garafáns?'

'Ti'n gallu bod yn thic weithia,' meddai Jac yn y parti wedyn. Roedden ni'n eistedd yn y gornel, yn bwyta ac yn gweiddi dros sŵn y disgo. Dim ond y merched oedd yn dawnsio, wrth gwrs, ac roedd Jac wedi treulio hanner yr amser yn cwyno bod y gerddoriaeth yn ofnadwy.

'Dwi ddim yn thic!'

'Wel, wyt.' Ysgydwodd ei ben, a stwffio'i geg gyda chreision. 'Does 'na neb *eisiau* sipsiwn yn y dre, siŵr. Maen nhw'n siŵr o wneud trwbl.' Roedd briwsion o'i geg yn tasgu fel llwch oren wrth iddo siarad.

'Gwneud trwbl?'

'Wel ia, siŵr.'

Eisteddodd y ddau ohonom mewn tawelwch am ychydig. Bwyta oedd Jac, wrth gwrs – roedd ei fam o'n gwneud iddo fwyta'n ofnadwy o iach adref, ac felly byddai'n mynd yn wyllt ac yn bwyta popeth mewn partïon fel hyn – ond meddwl oeddwn i.

Roedd hanner y parti'n siarad am y peth.

Sipsiwn, neu deithwyr, fel roedd ambell un yn eu galw nhw. Roedd pawb bron wedi eu gweld nhw'n cyrraedd y dref, ac yn ôl Chloe, oedd yn byw yn y stad ar lan y môr, roedd y carafannau wedi parcio yng Nghae Rhianfa, y cae mawr gwag drws nesaf i'r cae pêl-droed. Hen le oer oedd o, a byddai'n troi'n gorslyd ar ôl glaw mawr. Roedd Jac a fi'n arfer mynd yno i chwarae cyn i ni weld neidr yna'r llynedd, yn llithro'n dawel drwy'r gwair tal. Dydi Jac ddim yn hoffi nadroedd, er na fyddai o byth yn cyfaddef fod arno ofn.

Roedd rhai yn dweud eu bod nhw wedi clywed y sipsiwn yn siarad Saesneg, ac ambell un arall yn dweud mai iaith gwbl wahanol roedden nhw'n siarad. Dywedodd Shane fod y merched i gyd yn gwisgo ffrogiau hirion a phenwisgoedd a chlustdlysau, a bod y dynion yn gwisgo siwtiau. Ac roedd pobl yn dweud pethau cas hefyd. Pethau cas a dychrynllyd. Os oedd eu hanner nhw'n wir, efallai fod gan Dad bwynt am y sipsiwn yn dod i Lannant.

'Wyt ti wedi gweld sipsiwn erioed?' gofynnais i Jac ar ôl ychydig. Edrychodd yn wirion arna i.

'Dwi ddim angen eu gweld nhw, siŵr!'

'Ond sut wyt ti'n gwybod sut rai ydyn nhw os ...'

'O mam bach, Tomos. Y we, 'de!'

Roedd Jac yn treulio llawer o'i amser yn darllen am bethau ar y we.

'Celwydd ydi hanner be sydd ar hwnnw,' atebais yn ddigon piwis.

Ochneidiodd Jac yn ddwfn. 'Ti'm yn fy nghoelio i?'

'Yndw!' A dweud y gwir, doeddwn i ddim yn siŵr, ond doeddwn i ddim am ffraeo efo Jac. Roedd o'n hogyn blin, piwis, oedd yn meddwl ei fod o'n gwybod y cyfan, ond roedd o'n gallu bod yn llawer o hwyl. A doedd gen i ddim ffrind arall fel fo. 'Mae o jest ...'

Ochneidiodd Jac eto, a chodi ar ei draed. 'Dwi'n mynd i nôl mwy o fwyd.'

Wnewch chi mo 'nghoelio i, ond roeddwn i'n gwybod, hyd yn oed bryd hynny, fod rhywbeth mawr ar fin digwydd. Ro'n i'n gwybod yr eiliad y gwelais i'r carafannau'n ymlwybro'n araf ar hyd lonydd Glannant. Ac wrth eistedd yn y parti, y goleuadau disgo yn fflachio fel car heddlu, roedd gen i deimlad yn fy mol fod pethau ofnadwy'n mynd i ddigwydd.

Pennod 2

Roeddwn i'n gwybod bod 'na rywbeth rhyfedd yn digwydd pan gyrhaeddais i adref. Roedd 'na geir ym mhob man, a cheir mawr, drud hefyd – BMW a Mercedes a Range Rover newydd sbon. Suddodd fy nghalon wrth i mi gerdded i fyny'r llwybr. Roedd Dad yn amlwg wedi galw un o'i gyfarfodydd eto.

Roedd Mam yn eistedd wrth fwrdd y gegin, a drws yr ystafell fyw wedi ei gau. Edrychodd i fyny arna i wrth i mi fynd i mewn, ond ddywedodd hi ddim byd. Roedd hi wedi gwisgo dillad smart a rhoi colur ar ei hwyneb, oedd yn ymddangos fel peth rhyfedd i'w wneud mor hwyr yn y nos a hithau ddim yn mynd allan. Ond dyna fo, mae'n siŵr ei bod hi eisiau edrych yn smart i westeion Dad.

Es i i nôl cwpl o fisgedi, cyn eistedd wrth y bwrdd efo hi. Gallwn glywed lleisiau'r dynion yn yr ystafell nesaf, ac yn uwch na'r lleill, fel arfer, roedd llais Dad.

'... meddwl eu bod nhw'n gallu glanio fan hyn fel 'ma!' Roedd o'n wirioneddol flin, roedd hynny'n amlwg. Gallwn ddychmygu bod ei wyneb yn goch i gyd a'r wythïen yn ei wddw yn sefyll allan. Roedd hynny'n digwydd bob tro roedd o'n gwylltio. 'Wel, dydw i ddim yn mynd i dderbyn y peth!'

Yna, siaradodd rhywun arall, rhywun â llais tawel, rhesymol. Fedrwn i mo'i glywed yn iawn, ond o fewn dim, torrodd Dad ar ei draws.

'Ffonio'r Cyngor! Wel, dydi hynny ddim yn mynd i helpu! Mae'n cymryd misoedd i symud y bobl 'ma, ac mi fydd y dre ar ei gliniau erbyn hynny! Na – dwi'n dweud wrthoch chi, mae'n rhaid i ni weithredu!'

Yna, roedd llawer o leisiau yn torri ar draws ei gilydd. Edrychais ar Mam. Roedd ei llygaid yn sgleiniog i gyd. Gwenodd arna i, ac roedd ganddi fymryn o lipstic coch ar ei dannedd.

'Siarad am y sipsiwn maen nhw?' gofynnais.

Nodiodd Mam, a diflannodd y wen. 'Mae dy dad ar gefn ei geffyl go iawn tro 'ma.'

'Gymaint ag oedd o efo'r biniau baw ci?'

'Gwaeth. Llawer gwaeth.'

Brathais i mewn i fisged. Roeddwn i'n casáu pan oedd Dad yn mynd fel 'ma.

Gwell i mi esbonio.

Dewi Vaughan ydi Dad. Efallai eich bod chi wedi clywed amdano fo. Mae o'n gynghorydd yma yng Nglannant, ac mae o ar y teledu neu'r radio weithiau, yn cwyno am bethau fel arfer. Y cyfarfod yna yn fy nhŷ ar noson y parti – cynghorwyr oedden nhw i gyd, a phryd bynnag roedd rhywbeth yn digwydd yng Nglannant, roedd Dad yn galw cyfarfod brys yma er mwyn trafod beth i'w wneud. Dydyn ni ddim i fod i ddweud wrth neb am y cyfarfodydd yma, am ryw reswm.

Mae Dad yn gwylltio am lawer o bethau.

Fel pan benderfynodd y Cyngor newid oriau agor y ganolfan hamdden. A phan ffeindiodd o allan fod y biniau gwyrdd ddim ond am gael eu casglu unwaith bob tair wythnos, yn lle bob pythefnos fel o'r blaen. Mae 'na lyfr sgrap yn ei ddesg yn llawn o luniau ohono yn edrych yn flin yn y papur newydd lleol. Dad yn edrych yn flin wrth sefyll yn ymyl bin gwyrdd. Dad yn edrych yn flin wrth bwyntio at oleuadau traffig. Dad yn edrych yn flin wrth edrych ar wal yn llawn graffiti wrth yr ysgol uwchradd.

Roedd o ar ei waethaf pan gafwyd gwared ar rai o'r biniau baw ci ar lan y môr. O mam bach, roedd gen i gymaint o gywilydd. Roedd pawb yn yr ysgol yn gwneud hwyl am fy mhen i, yn dweud bod gan Dad obsesiwn efo baw ci a ballu. Ac er 'mod i'n deall ei bod hi'n boen cael llai o finiau, doeddwn i ddim yn deall sut roedd rhywun yn gallu mynd mor ofnadwy o flin am y peth.

A nawr, hyn. Y sipsiwn. Doedd gan Dad ddim byd mawr i gwyno amdano ers rhai misoedd, felly mae'n siŵr ei fod o wedi bod yn barod am ffrae. Daeth yr hen deimlad tywyll yna 'nôl. Roedd hwn yn mynd i fod yn beth mawr, yn beth afiach o fawr.

Agorodd y drws yn sydyn, a dechreuodd y cynghorwyr i gyd ddod allan, eu hwynebau'n ddifrifol iawn. Cododd Mam ar ei thraed mewn panig. Roedd hi'n edrych yn rhyfedd efo'r lipstic ar ei dannedd, ac roeddwn i'n difaru peidio dweud wrthi amdano.

'Paned, rhywun? Glasiad bach o rywbeth?'

'Dim diolch, Mona,' meddai'r dynion yn eu tro. Cefais fy anwybyddu gan y rhan fwyaf ohonyn nhw, ond gwenodd un neu ddau arna i, ac meddai un, 'Mae'r bachgen 'ma'n mynd yn dalach bob tro dwi'n ei weld o. Bydd rhaid i ti roi bricsen ar ei ben o!'

Syllodd Dad arna i gydag un ael i fyny. Doeddwn i ddim yn dal o gwbl. Fi oedd y lleiaf yn fy nosbarth.

Ar ôl i bawb adael, diflannodd Mam i'r llofft i newid yn ôl i'w phyjamas. Arhosais i wrth y bwrdd, yn gwylio Dad yn arllwys gwydryn o rywbeth iddo'i hun.

Edrychodd arna i wrth yfed.

'Hen fusnes ofnadwy,' meddai wedyn. Roedd o'n ddyn tal, a braidd yn dew, gyda'r llygaid glasaf welais i gan neb. Roedd Mam yn dweud mai dyna wnaeth iddi syrthio mewn cariad efo fo: y llygaid hyfryd yna. 'Paid â phoeni, Tomos. Mi gawn ni wared arnyn nhw.'

'Ydi o'n wir be maen nhw'n ei ddweud am y sipsiwn?' gofynnais. Llusgodd Dad un o'r cadeiriau allan, ac eistedd i lawr. Syllodd arna i dros y bwrdd.

'Dwyt ti ddim yn hogyn bach rŵan, Tom. Waeth i mi fod yn onest.' Ysgydwodd ei ben. 'Rhaid i ti gymryd gofal. Bod yn wyliadwrus. Gwna'n siŵr bod dy feic di wedi ei gloi'n saff yn y garej, a bod ffenestri'r tŷ wedi cau pan ti'n mynd allan. Y math yna o beth.'

Llyncais fy mhoer. Roedd hyn yn swnio'n ofnadwy. Doeddwn i byth yn cloi'r garej!

'Wnewch chi gael gwared arnyn nhw, gwnewch Dad?'

'Paid ti â phoeni, 'machgen i.' Anadlodd Dad allan yn araf, a chrymanodd ei frest allan yn falch. 'Mi wna i warchod Glannant.'

Pennod 3

Ar ddiwrnod olaf y tymor, mi ges i a Jac goblyn o ffrae.

Wel, dwi'n dweud ffrae. Fo wnaeth ffraeo efo fi, a bod yn fanwl gywir. Dydw i ddim yn licio ffraeo, ac felly dwi'n tueddu i gau fy ngheg pan fydd rhywun yn bod yn gas. Dwi'n teimlo 'mod i'n siŵr o wneud pethau'n waeth os ydw i'n dweud rhywbeth yn ôl. Ond y gwir amdani ydi bod hynny'n gwylltio Jac yn fwy.

Wedi cael ein prosiectau Daearyddiaeth yn ôl oedden ni, ac roedd Mrs Jenkins wedi bod yn fanwl iawn wrth eu marcio nhw. Am wledydd oedden nhw, ac er bod Jac wedi argraffu llwyth o bethau oddi ar y we am America, ac wedi gwneud lluniau a phethau felly, roedd gen i fodryb oedd yn byw ym Mhortiwgal, felly roeddwn i wedi cynnwys llwyth o bethau ganddi hi.

'Gest ti A!' poerodd Jac wedi i ni gael ein prosiectau'n ôl. 'Ond roedd fy mhrosiect i'n fwy na dy un di!' Gallwn weld B– wedi ei sgwennu mewn beiro goch ar ei brosiect o.

'Does 'na'm ots, siŵr,' atebais, gan drio peidio gwenu. Ro'n i wrth fy modd. Anaml roeddwn i'n cael

A mewn unrhyw beth, a ro'n i wedi gweithio'n galed ar hwn.

'Wel oes, mae 'na ots, achos 'di hyn ddim yn deg!'

Un fel 'ma ydi Jac. Rydan ni wedi bod yn ffrindiau gorau ers Blwyddyn 4, ond y gwir amdani ydi 'mod i ddim bob amser yn ei licio fo. Peidiwch â chamddeall – mae o'n gallu bod yn hwyliog ac yn ddigri, ac mae o'n hael iawn efo'i bethau. Ond mae o'n genfigennus iawn.

Weithiau, dwi'n meddwl ei fod o'n ffrindiau efo fi achos ei fod o'n gymaint gwell na fi.

'Mae 'na 37 tudalen yn fy mhrosiect i, a dim ond 24 yn dy un di,' meddai Jac, gan edrych ar y ddau. 'Efallai fod Mrs Jenkins wedi gwneud camgymeriad.'

Ddywedais i 'run gair, dim ond rhoi fy mhrosiect yn ôl yn fy mag yn dawel. Roedd Jac yn dal yn flin, a dwi'n meddwl bod fy nhawelwch i'n ei wylltio fo fwy.

'Mae gan Mrs Jenkins rywbeth yn fy erbyn i,' meddai Jac, gan stwffio'i brosiect yntau i'w fag. 'Mae ganddi rywbeth yn fy erbyn i o'r dechrau un.'

O, bobl bach, dyma ni eto. Roedd Jac fel tiwn gron am hyn pryd bynnag roedd rhywun yn gwneud yn well na fo. Roedd o wastad yn meddwl mai rhywun arall oedd ar fai, ac fel arfer, Mrs Jenkins oedd yn ei chael hi. Yn waeth byth, roedd mam Jac yn cytuno, ac roedd hi wedi bod i mewn i'r ysgol i ffraeo efo'r athrawon sawl tro, gan ddweud bod ei hogyn bach hi'n cael cam. Doedd o ddim, wrth gwrs.

'Mi fydd Mam yn flin,' ychwanegodd Jac, fel petai'n gallu darllen fy meddwl. 'Mi brynodd hi inc ychwanegol i'r argraffydd er mwyn cael y prosiect yma ar bapur.'

Roeddwn i'n ei chael hi'n anodd brathu fy nhafod erbyn hyn. Roedd o'n siarad ffasiwn lol weithiau.

'Fedra i ddim coelio dy fod ti wedi cael A! Dim ond 'chydig o gardiau post ac ambell ffaith oedd gen ti!'

Roedd hynny'n ddigon amdana i. Fedrwn i ddim cau fy ngheg. 'Dydi hynna ddim yn wir, a ti'n gwybod hynny'n iawn. Does 'na'm ots beth bynnag, oes 'na? Dim ond un prosiect oedd o!'

Trodd Jac yn araf i syllu arna i. 'Mae ots gen i.'

'Wel, ti'n cael marciau gwell na fi ym mhob un dim arall, felly does 'na ddim angen poeni, oes 'na?'

Ystyriodd Jac hyn. Roeddwn i'n dweud y gwir, ond roedd o'n dal am fod yn flin efo fi. 'Swot wyt ti, Tom.'

Ochneidiais yn drwm, ac ysgwyd fy mhen. Doedd dim pwynt siarad efo Jac pan oedd o mewn tymer fel 'ma. Ar hynny, canodd y gloch a chododd pawb yn y dosbarth ar eu traed yn syth. Roedd 'na gyffro arbennig yn yr awyr am fod gwyliau'r haf yn dechrau, ond doeddwn i ddim yn teimlo fel dathlu pan oedd Jac fel hyn. Dechreuodd stampio i ffwrdd tuag at y drws.

'Hei! Wyt ti'n dod draw heno?' galwais ar ei ôl. Roedden ni wedi trefnu i gael *pizza* a chwarae gêm bêl-droed ar y cyfrifiadur.

Trodd Jac yn ôl ac edrych arna i fel petawn i'n ddarn o faw. 'Dwi'n siŵr y byddi di'n rhy brysur yn gwneud gwaith ysgol. Swot.' Ac i ffwrdd â fo.

Paciais fy mag yn araf. Grêt. Ffraeo efo fy ffrind gorau ar y diwrnod cyn gwyliau'r ysgol. Beth oeddwn i'n mynd i'w wneud am haf cyfan? Fi oedd yr olaf i adael, a sylwais ar Mrs Jenkins yn eistedd y tu ôl i'w desg yn syllu arna i. Wyddwn i ddim pa mor hir roedd hi wedi bod yn gwylio. Tybed a glywodd hi Jac yn mynd drwy ei bethau?

'I ffwrdd â ti 'ta, Tom. A mwynha dy wyliau.'

'Mi wna i. Diolch.'

Codais fy mag ar fy nghefn a'i throi hi am y drws.

'Tom?'

Trois yn ôl i edrych ar Mrs Jenkins. Roedd golwg feddylgar arni.

'Paid ti â gadael i Jac ddweud wrthot ti be i'w wneud, cofia. Mae o'n gymeriad cryf iawn.'

'Iawn. Ta-ra.'

Efallai fod gan fam Jac bwynt. Efallai fod gan Mrs Jenkins rywbeth yn ei erbyn o.

Ew, roedd y gwyliau'n ddiflas.

Chlywais i ddim gair gan Jac, wrth gwrs, ac erbyn

canol yr wythnos gyntaf, roeddwn i wedi laru ar fy holl gemau a'r rhaglenni teledu. Ro'n i hyd yn oed wedi darllen llyfr cyfan. Roedd pethau bron yn ddigon diflas i wneud i mi fod eisiau mynd yn ôl i'r ysgol.

Roeddwn i yn yr ystafell fyw yn gwylio rhyw raglen ddogfen pan gerddodd Dad i mewn. Doeddwn i prin wedi ei weld o ers y cyfarfod efo'r cynghorwyr yn y tŷ – roedd o wedi bod yn brysur yn trio gwneud rhywbeth am y sipsiwn. Wyddwn i ddim beth yn union.

'Pryd oedd y tro dwytha i ti fod allan o'r tŷ?' cyfarthodd arna i. Gwyddwn yn syth ei fod o mewn tymer ddrwg. Roeddwn i'n mynd ar ei nerfau o.

'Dydd Sul. Mi es i efo Mam i'r siop i nôl bara.'

'Dydd Sul! Ac mae hi'n ddydd Mercher rŵan! Pan o'n i dy oed di ...'

O, dyma ni eto. Hon oedd hoff bregeth Dad. Dweud wrtha i am yr holl bethau gwych roedd o'n eu gwneud pan oedd o'n fachgen, allan drwy'r dydd yn helpu hen bobl efo'u siopa ac yn achub cathod bach o goed a rhyw rwtsh felly.

'... a helpu Mrs Jones i lawr y lôn efo'i neges. Doedden ni byth yn eistedd o gwmpas y tŷ!'

Roedd hynny achos mai dim ond tair sianel deledu oedd yn yr hen ddyddiau, meddyliais, ond fiw i mi ddweud dim byd o'r fath. Ac, a bod yn deg efo Dad, roedd 'na olwg arna i. Ro'n i'n gwylio rhaglen ddogfen am deigrod yn bwyta ceirw, yn dal yn fy mhyjamas am ddau o'r gloch y pnawn, ac yn bwyta menyn cnau allan o'r jar efo llwy. Efallai fod ganddo fo bwynt.

'Lle mae dy ffrindiau di?' gofynnodd Dad.

'Prysur. Neu ar eu gwyliau.' Roedd hynny'n rhannol wir. Hyd yn oed os oedd Jac wedi ffraeo efo fi, roedd 'na hogiau eraill yn y dosbarth y gallaswn i fod wedi bod efo nhw – ond roedd Ben wedi mynd ar ei wyliau, a Daniel wedi mynd i aros efo'i dad.

'Wel, mi ddylet tithau fod yn brysur,' meddai Dad yn ddig. 'Cer i gael cawod a golchi dy wallt. Mae 'na oglau traed yma! Ac ar ôl i ti wneud hynny, dwi am i ti fynd allan i'r awyr iach. A phaid â dod yn ôl tan amser te.'

'Amser te?! Ond mae 'na oriau tan hynny!'

'Oriau o hwyl i ti yn yr awyr agored, 'ta!' cyfarthodd Dad, ac i ffwrdd â fo i'w swyddfa.

Roeddwn i'n gandryll, wrth gwrs.

Doedd hi ddim fel petai Dad y math o ddyn oedd yn mwynhau mynd allan, chwaith. Byddai'n treulio oriau yn ei swyddfa yn y tŷ, yn siarad yn flin efo pobl ar y ffôn neu'n teipio'n wyllt ar ei gyfrifiadur. Fedrwn i ddim cofio'r tro diwethaf iddo fo fynd allan am dro! Heb sôn am Mam. Doedd honno prin yn gadael y tŷ.

Diffoddais y teledu a tharanu i fyny'r grisiau'n ddig. Roedd y gawod yn boeth, boeth, ac roeddwn i'n trio penderfynu sut roeddwn i'n mynd i dreulio pedair awr allan yng Nglannant a finnau heb ffrindiau o gwmpas o gwbl.

Weithiau, bydda i'n meddwl am y diwrnod hwnnw.

Be fyddai wedi digwydd petai pethau wedi bod mymryn bach yn wahanol? Petawn i heb ffraeo efo Jac. Petawn i wedi bod yn fy llofft yn lle yn yr ystafell fyw. Petai Dad heb fod mewn tymer mor ofnadwy. Fyddwn i ddim wedi mynd allan y prynhawn hwnnw, mae'n siŵr. Fyddwn i ddim wedi crwydro drwy'r dref efo 'nwylo yn fy mhocedi, yn teimlo bechod drosta i fy hun. Fyddwn i ddim wedi mynd i lan y môr, nac wedi eistedd ar y creigiau ar y traeth, nac wedi troi fy mhen ryw fymryn a'i weld o'n sefyll yno.

Fyddwn i ddim wedi cwrdd â Joni.

Pennod 4

Fedrwn i mo'i weld o'n iawn, achos bod yr haul yn fy llygaid. Roedd o'n edrych tua'r un maint â fi, ac felly craffais i weld oedd o'n un o'r hogiau o'r ysgol. Ond na. Rhywun newydd oedd hwn. Roedd ar ei ben ei hun, a phan giliodd yr heulwen y tu ôl i gwmwl bach, medrwn ei weld yn well.

Ie, tua'r un taldra â fi, ac yn fain fel polyn. Roedd ganddo wallt tywyll, byr, a llygaid mawr glas. Roedd rhywbeth amdano – y jîns tywyll a'r siwmper liwgar, efallai, neu'r steil gwallt ffasiynol – yn gwneud i mi feddwl bod yr hogyn yma yn llawer mwy cŵl na fi. Yma ar ei wyliau oedd o, meddyliais. Roedd 'na barc carafannau mawr yn agos at y traeth oedd yn denu llwythi o bobl i Lannant am wythnos yn yr haul.

Roedd o'n casglu rhywbeth. Craffais ar y pentyrrau. Cerrig oedden nhw, y math o gerrig crwn, fflat sydd i'w cael ar draethau. Roedd ganddo bentwr o rai glas, pentwr arall o rai llwyd, a phentwr bach o rai gwyn. Edrychai o gwmpas i chwilio am fwy, gan ychwanegu at ei bentyrrau.

Beth oedd o'n ei wneud?

Cododd ei ben yn sydyn a 'ngweld i'n ei wylio.

Trois innau fy mhen i ffwrdd. Ond wrth giledrych, gallwn weld ei fod o'n sefyll yn stond nawr, fel petai'n trio penderfynu beth i'w wneud. Yn y diwedd, cerddodd draw ata i.

'Wyt ti'n siarad Cymraeg?' gofynnodd. Nodiais mewn syndod. Doedd ganddo ddim acen Glannant. 'Wyt ti eisiau helpu? Dwi'n sortio'r cerrig.'

Craffais ar y bachgen, a disgwyl iddo ddweud mwy. Ond wnaeth o ddim, a wnes innau ddim gofyn. Doedd gen i ddim byd gwell i'w wneud, ac roedd 'na ddwy awr a hanner i fynd nes y medrwn i fynd adref.

Codais ar fy nhraed, a dechrau hel y cerrig. Mae o'n swnio fel peth diflas ofnadwy i'w wneud, ond mae'n rhaid i mi gyfaddef, roeddwn i'n ddigon hapus. Dechreuais wneud pentwr ychwanegol o gregyn, a dechreuodd yr hogyn ychwanegu at hwnnw hefyd.

'Joni ydw i,' meddai'r bachgen ar ôl rhyw chwarter awr. Trois i edrych arno. Roedd o'n sefyll wrth y pentwr o gerrig llwydion, yn edrych draw ata i.

'Tomos ydw i.' Rhoddodd Joni wên fach i mi, a gwenais innau 'nôl. Wyddwn i ddim beth i'w ddweud wedyn. O'r diwedd, dywedais, 'Be wnei di efo'r cerrig?'

'O!' atebodd Joni, fel petai wedi anghofio am y rheiny. 'Dim byd mawr. Ond gei di weld. Ma gynnon ni ddigon, bron iawn.'

Nodiais, fel petai hynny'n ateb digonol. Ac yna,

aethon ni'n dau ymlaen, Joni a fi, i gasglu mwy o gerrig.

Ar ôl rhyw hanner awr, sylwais fod Joni wedi rhoi'r gorau i hel y cerrig, a'i fod o wedi dechrau eu gosod nhw mewn patrwm ar y tywod. Y cerrig llwydion a'r cerrig gleision, bob yn ail, dro ar ôl tro, ac yna dechrau eto ar y llinell nesaf. Sefais yno, ddim yn siŵr beth i'w wneud.

'Wnei di gario 'mlaen?' meddai Joni. 'I fi gael gwneud yr amlinelliad?'

Nodiais, a symud draw i lle roedd Joni. Aeth yntau ati i wneud amlinelliad gyda'r cerrig gwynion, a gosodais innau'r cerrig eraill yn eu patrwm i lenwi'r amlinelliad.

'Pysgodyn!' meddwn wrth edrych ar Joni yn gwneud ei waith.

Gwenodd Joni'n llydan. 'Wel, rydan ni ar draeth, tydan?'

Roedd 'na gannoedd o gerrig, ond chymerodd hi ddim hanner awr i ni wneud y pysgodyn anferthol ar y tywod. Roedd o'n edrych yn anhygoel. Edrychai'r patrwm roeddwn i wedi'i wneud fel croen pysgodyn, ac roedd Joni wedi defnyddio'r cregyn i greu manylion bach.

Safodd y ddau ohonom yn ôl i syllu ar ein gwaith. Roeddwn i'n flinedig ond yn hapus, a doeddwn i ddim yn meddwl 'mod i wedi creu dim byd mor dlws erioed o'r blaen. I fyny ar y prom, roedd pobl yn estyn eu ffonau symudol i dynnu lluniau o'n pysgodyn ni.

'Lle wnest ti ddysgu sut i wneud hynna?' gofynnais i Joni. Roeddwn i wedi byw mewn tref lan môr ar hyd fy oes, a welais i erioed ffasiwn beth.

Edrych yn od arna i wnaeth Joni. 'Wnes i ddim dysgu sut i wneud o, siŵr. Jest ... wedi gwneud o, dyna i gyd.'

Ro'n i'n meddwl bod hynny'n anhygoel, ond fedrwn i ddim dweud hynny wrtho fo.

'Tisio mynd i gael sglods?' gofynnais, er bod Mam yn gwneud *lasagne* heno. Doeddwn i ddim yn gwybod oedd y pysgodyn yn golygu bod Joni a finnau'n ffrindiau nawr.

Ysgydwodd Joni ei ben yn ddigalon. 'Dim pres.'

'O! Mae gen i ddigon. Tyrd.' Ac i ffwrdd â fi a Joni, fy ffrind newydd, i lenwi'n boliau gyda sglodion a sos coch a phop oren, melys.

Pennod 5

Does 'na ddim teimlad yn y byd sy'n debyg i ddod o hyd i ffrind newydd. Dydi pobl fel fi ddim yn cael y cyfle i gwrdd â phobl newydd yn aml iawn, heb sôn am hogiau 'run oed â fi, a doeddwn i'n sicr ddim wedi cyfarfod neb fel Joni o'r blaen. Roedd o'n hollol wahanol i bawb.

Fe eisteddon ni'n dau yn y siop jips, ar y stolion uchel yn y ffenest, ac roedd sgwrsio efo fo mor hawdd. Roedd o'n foi siaradus iawn ei hun, yn sôn am y pethau roedd o wedi eu creu allan o gerrig ar lan y môr o'r blaen – crwban, a haul, a môr-forwyn efo gwallt gwymon.

'Beth sy'n bwysig ydi cymryd dy amser. Penderfynu bod ar y traeth am oriau, a hel cannoedd o gerrig neu froc môr neu beth bynnag.'

'Ti'n treulio oriau ar y traeth ar dy ben dy hun?' gofynnais wrth lyncu sglodyn. 'A ddim yn mynd yn bôrd?'

'Bôrd!' gwenodd Joni ac ysgwyd ei ben, gan drochi sglodyn mewn sos coch. 'Na, dwi byth yn bôrd.'

'Byth?'

'Byth.' Cododd ei ysgwyddau fel petai o'n methu

deall y peth ei hun. 'Dwi wedi arfer bod ar fy mhen fy hun.'

'Hy. A finna. Mae fy ffrindiau i'n cwyno am eu brodyr a'u chwiorydd o hyd, ond mi faswn i'n eitha licio cael rhywun arall yn y tŷ, 'blaw fi a Mam a Dad ...'

Rholiodd Joni ei lygaid. 'Paid, wir. Mae gen i dair chwaer a dau frawd. Mae unrhyw le yn dawelach na bod adra efo nhw.'

Codais fy aeliau. Doeddwn i ddim wedi cwrdd â neb efo cymaint o frodyr a chwiorydd o'r blaen.

Ar ôl i ni orffen bwyta, cliriodd Joni'r holl sbwriel i'r bin, a glanhau'r bwrdd bach gyda'r papur tishw. Dim ond peth bach oedd o, ond fedrwn i ddim dychmygu'r hogiau, na finnau o ran hynny, yn gwneud rhywbeth fel 'na.

Cerddodd y ddau ohonom i lawr i'r traeth, ac eistedd ar y cerrig mawrion wrth y dŵr. Cododd Joni ddarn bach o froc môr yn ei law, ac yna setlodd ar y garreg, ac estyn rhywbeth o'i boced.

'Cyllell!' ebychais mewn braw. 'Ti'n cario cyllell efo chdi? Ydi hynna ddim yn erbyn y gyfraith?'

'Ydi o?' Edrychodd Joni i fyny mewn syndod. 'Go iawn?'

'Wel. Dwn i'm,' cyfaddefais. Dechreuodd Joni blicio haenau tenau, tenau o bren oddi ar y broc môr gyda llafn y gyllell.

'Be ti'n neud?' gofynnais wedyn.

'Cerfio darn o bren. Wyt ti 'rioed wedi gwneud?'

'Mam bach, naddo,' atebais, gan eistedd ar y graig yn ei ymyl, a gwylio'i ddwylo'n gweithio'n ddiwyd i roi siâp i'r pren. 'Fasa Mam a Dad yn mynd yn boncyrs taswn i'n chwarae efo cyllyll.'

'Dwi ddim yn chwarae efo cyllyll. Mi fasa hynny'n beryglus. Cerfio ydw i.'

'Ti'n gwybod be dwi'n feddwl.'

'Wel, nac ydw, a dweud y gwir. Ti bron iawn yn ddyn. Ti'n gallu croesi lonydd a cherdded wrth y môr a bod allan drwy'r pnawn ar dy ben dy hun. Pam na fasat ti'n gallu cael dy drystio efo cyllell boced?' Cododd Joni'r pren at ei geg, a chwythu'r naddion oddi arno. 'Mae o'n boncyrs.'

Arhosodd y ddau ohonom am amser hir, nes ei bod hi'n dechrau tywyllu, yn siarad am hyn a'r llall. Ac wedyn, codais ar fy nhraed a dweud, 'Gwell i mi fynd. Mi fydd Mam yn poeni.'

Edrychodd Joni i fyny. 'Ti'n ffansïo diwrnod yn y goedwig fory?'

Gwenais yn llydan. Fyddai gen i ddim gyts i ofyn fel yna. Beth petawn i'n cael fy ngwrthod? Ond doedd dim ots gan Joni.

'Y goedwig?'

'Ia. Dens a ballu.'

'Dens?' Hmm. Doeddwn i ddim wedi gwneud

dens ers fy mod tua chwech. 'Ydan ni ddim braidd yn hen i hynny?'

'Wyt ti isio, Tom, neu ddim?'

'Yndw.'

Fflachiodd Joni wên. 'Wel, dyna ni 'ta.'

Dwi'n gwybod be 'da chi'n ei feddwl.

Mae hi'n amlwg i chi, wrth ddarllen hwn, pwy oedd Joni. A dwi'n meddwl ei bod hi wedi bod yn amlwg i minnau hefyd, o'r dechrau un – achos wnes i ddim gofyn o ble roedd o'n dod, na lle roedd o'n aros, na dim byd fel yna. Achos roeddwn i'n gwybod yr atebion, go iawn, ond doeddwn i ddim yn barod i feddwl am hynny i gyd eto. Roedd gen i ffrind newydd, dyna oedd yn bwysig. Ac roedd o'n garedig ac yn ddigri ac yn wahanol i'r hogiau eraill, ac roeddwn i'n licio fy hun pan oeddwn i efo fo.

Pan gyrhaeddais i adref, roedd Mam yn eistedd o flaen y teledu gyda mỳg gwag yn ei llaw, hanner afal ar fraich y soffa yn ei hymyl, ei llygaid wedi eu hoelio ar y teledu ac yn edrych yn bell, bell i ffwrdd. Roedd hi'n eistedd mewn hanner-tywyllwch, ac roedd hi'n gwisgo'i choban, honna efo llun o un o dywysogesau Disney ar y blaen.

'Sori 'mod i'n hwyr,' meddwn, a throdd Mam ei

phen i edrych arna i. Edrychai ei llygaid yn befriog ar ôl treulio gormod o amser o flaen y sgrin.

'Ma'n iawn, pwt. Swper yn y ffwrn.' Wnes i ddim dweud wrthi 'mod i wedi cael sglodion. Fyddai hi ddim wedi bod yn flin – doedd Mam byth yn flin – ond do'n i ddim eisiau gweld ei hwyneb siomedig, chwaith.

'Ydi Dad yma?' gofynnais, er 'mod i'n gwybod ei fod o gan fod ei gar wedi parcio y tu allan, a doedd Dad byth yn cerdded i nunlle.

'Yn ei swyddfa,' atebodd Mam yn dawel. Ac wedyn, 'Ti 'di bod allan tan rŵan? Ma hi'n hwyr!'

'Ma'n iawn – ro'n i ar y traeth.'

'O.'

Welais i mo Dad am weddill y noson. Eisteddais ar fy mhen fy hun wrth y bwrdd i fwyta fy ail swper ac ar ôl hynny, mi grwydrais i fyny i fy llofft a chwarae gêm ar fy nghyfrifiadur efo'r sŵn wedi'i ddiffodd. Gallwn glywed sŵn rhaglen deledu Mam, a'r tegell wrth iddi wneud paned ar ôl paned iddi hi ei hun, a chlecian bysedd Dad yn teipio wrth ei gyfrifiadur. Er ein bod ni i gyd adref, fy nheulu i gyd, roedden ni ar ein pennau ein hunain.

Pennod 6

Y diwrnod wedyn oedd un o ddyddiau gorau fy mywyd.

Fe godais i'n gynnar, achos ro'n i wedi trefnu i gwrdd â Joni am hanner awr wedi naw wrth ymyl y sinema, achos dyna lle roedd y llwybr bach yn dechrau i fynd i'r goedwig. Er nad oedden ni wedi sôn am bicnic, mi benderfynais i wneud un.

Mi gafodd Dad sioc o 'ngweld i yn y gegin am hanner awr wedi wyth, yn rhoi menyn cnau ar frechdanau. Ro'n i'n arfer aros yn fy ngwely tan tua un ar ddeg yn y gwyliau.

'Wel, wel!' meddai. 'Be 'di hyn? Ti'm yn mynd i gael yr holl frechdanau 'na i frecwast, siawns?'

'Pacio picnic ydw i. Dwi am gael diwrnod allan yn yr awyr agored.' Ro'n i'n gwybod na fyddai'n gallu dweud dim byd negyddol am hynny, ac ro'n i'n gywir. Safodd am ychydig, ddim yn siŵr beth i'w ddweud.

''Di hynny ddim fel ti,' meddai o'r diwedd, a gwenais yn dawel, gan roi fy mhen i lawr fel nad oedd o'n gallu gweld. 'Wyt ti'n sâl?'

'Na, na, dwi'n iawn,' atebais. 'Mae hi i fod yn braf

heddiw 'ma, ac mi ddeudoch chi ddoe y dylwn i fod allan mwy. Felly dwi'n mynd.'

Cododd Dad ei aeliau, cyn tollti paned arall iddo'i hun allan o'r pot coffi. Eisteddodd wrth y bwrdd, ei ffôn yn ei law, hanner ei sylw ar y newyddion a'r hanner arall yn fy ngwylio i'n gwneud picnic.

Brechdanau menyn cnau, a dwy frechdan gaws, rhag ofn nad oedd Joni'n licio menyn cnau.

Dau baced o greision blas caws a nionyn.

Dau far o siocled.

Potel fawr o ddŵr i'w rhannu.

Pecyn mawr o gnau efo halen.

'Iesgob annwyl! Wyt ti'n mynd i fod allan am bythefnos, dywed?' gofynnodd Dad dan chwerthin, wrth iddo 'ngweld i'n pacio'r holl fwyd. Gwenais, yn teimlo'n nerfus braidd. Byddai Dad yn cwyno weithiau 'mod i'n bwyta gormod, 'mod i'n gwagio'r cypyrddau o bob dim blasus cyn iddo fo gyrraedd adref o'r gwaith.

'Wel, mae 'na gwpl o fêts yn dod. 'Da ni i gyd yn mynd i rannu'r bwyd rhwng pawb.'

'Da iawn!' gwenodd Dad. Roedd o mewn tymer dda iawn – a dweud y gwir, welais i mohono fo'n edrych mor hapus ers hydoedd.

Wrth i mi bacio'r bwyd yn fy mag ysgol, fe sylweddolais i. Ro'n i wedi dweud celwydd wrth Dad.

Mae hynny'n digwydd weithiau. Mae rhywun yn

gallu dweud celwydd heb fod yn ymwybodol o'r peth, bron. Er ein bod ni i gyd yn gwybod nad ydan ni i fod i ddweud celwydd, mae o'n gallu teimlo fel y peth naturiol i'w wneud, y peth iawn i'w wneud. A dyna ddigwyddodd efo Dad a'r celwydd bach cyntaf yna am Joni. Wnes i ddim meddwl am y peth. Mi fyddai o'n hapus 'mod i'n treulio drwy'r dydd allan yn yr awyr iach gyda chriw o hogiau ifanc. Mae'n siŵr y byddai'n eu dychmygu nhw'n fechgyn mawr, heini, y math o fechgyn oedd yn chwarae rygbi dros y sir. Ac roedd hi'n haws i mi adael iddo fo feddwl hynny.

'Mwynha di dy hun, Tom. Mwynha di'r fro hyfryd yma 'da ni'n byw ynddi. A tra wyt ti allan,' meddai Dad yn hunanfodlon, 'mi fydda i yn swyddfeydd y Cyngor yn gwneud fy ngorau glas i warchod y dre fach yma i dy genhedlaeth di.'

Gwenais yn wan, a chau sip fy mag. Byddai Dad yn gwneud hyn weithiau – yn siarad â fi fel petawn i'n rhan o gynulleidfa fawr roedd o'n ei hannerch. Ac wedyn, ar y diwedd, byddai o wastad yn edrych yn siomedig, achos wyddwn i ddim beth ro'n i i fod i'w wneud. Clapio? Gwenu? Ateb? Felly, fel arfer, byddwn yn gwenu'n dawel ac yn cario 'mlaen gyda beth bynnag ro'n i'n ei wneud.

Dyna fel roedd hi heddiw. Gadewais nodyn bach i Mam, oedd yn dal yn ei gwely, yn dweud wrthi am beidio â phoeni amdana i os byddwn i'n hwyr, ac i ffwrdd â fi.

Arhosai Joni amdana i y tu allan i'r sinema, a gwenodd yn llydan wrth fy ngweld. Teimlais yn od iawn wrth weld hynny – do'n i ddim yn cofio gweld neb yn edrych mor falch o 'ngweld i erioed o'r blaen.

'Do'n i ddim yn siŵr a fyddat ti'n dod!' meddai Joni.

'Dwi ddim yn hwyr, nadw?' holais, gan benderfynu peidio â dweud wrth Joni 'mod innau wedi meddwl efallai y byddai yntau wedi penderfynu peidio â chwrdd â fi heddiw.

'Nagwyt. Tyrd!'

Roedd hi'n rhyw hanner awr o gerdded at y giât oedd yn arwain i mewn i'r goedwig, ac roedd hi'n fore braf – y brafiaf, efallai, i ni ei gael y gwyliau yma. Sgwrsiodd Joni a finnau wrth i ni gerdded – am yr ysgol, am Mam a Dad, am raglenni teledu a gemau a ballu. Bob hyn a hyn, byddai rhywun yn pasio – oedolyn yn mynd â chi am dro fel arfer – a byddai Joni wastad yn gwenu arnyn nhw ac yn dweud 'helô' neu 'bore da'.

Roedd y goedwig yn dawel ac yn dywyll, hyd yn oed a hithau'n ddiwrnod braf. Safodd Joni a finnau yna am ychydig eiliadau, mewn tawelwch perffaith. Doedd dim smic o gwbl – dim sŵn ceir o'r lôn, dim sŵn gwylanod. Ddywedais i ddim wrth Joni, ond fyddwn i ddim wedi mynd yna ar fy mhen fy hun. Roedd hi'n rhy dawel, ac roeddwn i wastad yn cael hen deimlad rhyfedd wrth gerdded drwy goed fod yna rywun yn fy ngwylio i.

'Dwi'n reit nerfus mewn coedwigoedd,' meddai Joni, fel petai o'n darllen fy meddwl i. 'Gwirion, 'de!' Gwenais arno. Fyddai Jac byth wedi cyfaddef bod ofn dim byd arno.

Crwydrodd y ddau ohonom ar hyd y llwybr am ychydig, ac wedyn troi i fyny a gadael y llwybr. Joni wnaeth benderfynu ar y lle gorau i wneud den, achos doedd gen i ddim syniad, ac roedd o'n dweud ei fod o'n eu gwneud yn aml. Dewisodd fan oedd ychydig yn uwch na'r gweddill, rhwng dwy goeden.

'Rhag ofn iddi fwrw,' meddai Joni. 'Fydd y glaw yn rhedeg i lawr y bryn ac oddi wrth y den.'

'Ond mae hi'n ddiwrnod chwilboeth!' atebais mewn syndod.

'Felly mi fydd 'na storm rywbryd, yn y dyddiau nesa,' atebodd Joni'n syml, a dechreuodd glirio ychydig ar y llawr rhwng y ddwy goeden.

Ro'n i wedi gwneud dens o'r blaen, wrth gwrs, pan o'n i'n fach. Dwi'n cofio gwneud rhai efo Jac, ac mae gen i ryw gof ers talwm iawn o wneud un efo Mam, yn ôl yn yr hen ddyddiau pan oedd hi'n licio mynd allan a mynd â fi i lefydd. Ond roedd hyn efo Joni yn brofiad hollol wahanol. Doedd o ddim fel gwneud den o gwbl – roedd o fel adeiladu rhywbeth go iawn.

I ddechrau, roedd rhaid i ni hel brigau trwchus oedd wedi disgyn i lawr o'r coed, a'u gosod nhw yn erbyn ei gilydd i wneud wal. Ac wedyn – wel, wedyn, roedd 'na fwy a mwy a mwy i'w wneud. Waliau a tho, ac wedyn lle bach i wneud tân (er nad oedd bwriad yn y byd i wneud un go iawn, ond doedd dim ots). Wedyn ail dden, fel bod mwy o le. Erbyn i Joni a finnau ddechrau teimlo'n llwglyd am ginio, roedd hi'n dri o'r gloch y prynhawn a'r den yn edrych yn ddigon da i allu treulio wythnos o wyliau yno!

'Sut wnest ti ddysgu sut i wneud hyn?' gofynnais iddo wrth gynnig brechdan.

'O, dwn i'm. Dwi ddim yn cofio dysgu sut i wneud petha fel 'ma, ond mae'n siŵr mai'r plant mawr yn fy nheulu wnaeth ddangos i mi pan o'n i'n fach.' Gwenodd Joni, fel petai o'n cofio rhywbeth hyfryd. 'Mae gen i deulu mawr. Mae'r rhan fwya o fy nghefndryd a 'nghyfnitherod i wedi tyfu i fyny rŵan, ond roedden nhw'n grêt efo fi pan o'n i'n fach.'

'O.' Estynnais am baced o greision a'i agor yn swnllyd. 'Mae gen i ddau gefnder, ond maen nhw'n byw yn Lloegr yn rhywle. Dwi ddim yn eu 'nabod nhw.'

Stopiodd Joni gnoi ei frechdan, a syllu arna i mewn syndod. 'Ti'm yn 'nabod dy gefndryd?'

Ysgydwais fy mhen. 'Na. Maen nhw tua'r un oed â

fi, dwi'n meddwl, ond chwaer Mam ydi eu mam nhw, ac mi fuodd 'na ryw ffrae ...'

Nodiodd Joni'n araf, fel petai o'n trio deall ond yn gwybod ei fod o'n methu go iawn.

Wnes i ddim dweud mor dawel oedd tŷ ni pan oedd rhywun yn sôn am Anti Helen, chwaer Mam, a 'mod i'n gwybod bod Mam yn cadw llun ohoni yn y drôr yn ymyl ei gwely er nad oedd y ddwy wedi siarad ers talwm.

'Am be oedd y ffrae?' holodd Joni ar ôl tipyn.

'Dwn i'm. Roedd o flynyddoedd yn ôl. Dad oedd y bai. Mae o'n ffraeo efo lot o bobl.'

'Ddim fel ti, 'ta,' meddai Joni, a gwenais a theimlo fy wyneb yn mynd yn boeth.

Hedfanodd gweddill y diwrnod heibio yn gwella'r den, yn ei wneud yn fwy, yn trio dychmygu ble fyddai'r llefydd gorau i gadw coed ar gyfer y tân, ble fyddai'r lle gorau i gysgu, beth fyddai rhywun yn ei fwyta petai'n byw yn y goedwig. Gallai Joni siarad am bob dim, ond roedd o'n gwybod llawer iawn am yr awyr agored, ac am fyd natur a ballu. Ac am nad oedd o'n 'nabod dim o fy ffrindiau ysgol, doedd o ddim yn sôn am bobl eraill, ddim yn hel clecs, na siarad yn gas am neb. Soniodd Joni am ei dair chwaer a'i ddau frawd, a'i fam a'i dad a'i ddwy nain a'i ddau daid. Roedd dwy o'r chwiorydd ac un brawd wedi priodi, ond roedd Joni ac un brawd a chwaer fach yn byw gyda'u rhieni. Roedd ei fam yn brysur o hyd, meddai Joni, yn edrych ar ôl y plant ac ar ôl y neiniau a'r teidiau, ac roedd ei dad yn ddyn oedd yn gwneud ychydig bach o bob dim.

'Be ti'n feddwl?' gofynnais ar ôl clywed hynny.

'Wel, mae o'n gwneud llawer o bethau bach. Fel arfer, gweithio efo anifeiliaid mae o.'

'O! Milfeddyg, felly?' Ro'n i wedi bod yn meddwl gwneud hynny ar ôl gadael ysgol, nes i mi glywed eich bod chi'n gorfod bod yn glyfar iawn i fod yn filfeddyg, a gwyddwn nad oeddwn i'n hanner ddigon da i hynny.

'Na, na,' esboniodd Joni. 'Ond weithiau bydd pobl yn gofyn iddo fo helpu i ddofi anifeiliaid gwyllt. Ffermwyr, y rhan fwya o'r amser.'

'O.' Dychmygais dad Joni fel dyn dofi llewod mewn syrcas, chwip fawr yn ei law a het dal am ei ben. 'Sut mae o'n gwneud hynny?'

'Dwi ddim yn siŵr. Mae ganddo fo ffordd efo nhw – mae rhai pobl yn cael eu geni fel 'na.' Ysgydwodd Joni ei ben. 'Dydi'r gallu ddim gen i, yn anffodus, ond mae o gan Simon, fy mrawd mawr. Mae o fel rhywbeth allan o stori i blant – mae'r anifeiliaid gwyllt yn cael eu swyno'n llwyr ganddo fo.'

Er ein bod ni wedi cadw'n brysur y diwrnod hwnnw yn y goedwig, sgwrsiodd Joni a finnau ddigon i wneud i mi deimlo fel petawn i'n ei 'nabod o'n iawn.

Wnaeth o ddim holi llawer am fy nheulu i, a wnes i ddim dweud rhyw lawer chwaith – doedd 'na ddim llawer o bethau diddorol i'w dweud.

Ar ddiwedd y diwrnod, roeddwn i'n teimlo fel petawn i wedi rhedeg marathon – yn flinedig iawn, ond yn hapus iawn hefyd. Mae hi'n anodd disgrifio'r teimlad o fod wedi treulio diwrnod cyfan yn gwneud rhywbeth efo ffrind newydd. Roeddwn i wrth fy modd.

Treuliais bob un diwrnod efo Joni ar ôl hynny, am wythnos a mwy – un ai yn y goedwig, neu ar y traeth, neu yn yr hen adfail mewn cae ar gyrion y pentref, lle y treuliodd Joni a finnau ddyddiau lu yn tynnu chwyn oedd yn tyfu y tu mewn, a Joni yn trio trwsio'r to efo hen ddarn o darpolin roedd o wedi ei ffeindio mewn sgip. Byddai'r ddau ohonom yn dod â bwyd, ac yn rhannu'r cyfan.

Wnes i ddim gofyn i Joni am ei gefndir, ddim yn iawn – er ei fod o'n sôn am ei deulu a'i gartref, do'n i ddim yn ddigon dewr i ofyn, *Ydi hi'n wir dy fod ti'n sipsi? Wyt ti'n byw mewn carafán?* Dwi'n meddwl bod rhan ohona i ddim eisiau clywed y geiriau, am 'mod i'n gwybod y byddai hynny'n golygu wynebu bod 'na broblem fawr gyda'r ffaith fod Joni a finnau'n ffrindiau. Problem fawr, swnllyd, uchel ei chloch.

Dad.

Pennod 7

TEITHWYR YNG NGLANNANT – EWCH ADRE!!!

Bydd darllenwyr y blog yma yn gwybod ei fod o'n canolbwyntio ar straeon o Lannant – ac rydan ni mewn trafferth mawr ar hyn o bryd, gan fod haid o deithwyr, neu sipsiwn fel roedden ni'n arfer eu galw nhw, wedi setlo ar Gae Rhianfa yng nghanol y dref. Mae hyn yn ARGYFWNG! Mae Cae Rhianfa yn un o'r caeau tlysaf yn y dref, ac mae'r carafannau – dros 20 ohonyn nhw – yn anharddu'r lle. Mae cŵn yno'n cadw sŵn wrth gyfarth yn yr oriau mân, ac mae'n rhaid i ni ystyried y llanast sy'n cael ei wneud gan y bobl hunanol yma sydd wedi hawlio lle cyhoeddus iddyn nhw eu hunain! Mae ein tref fach ni yn cael ei hadnabod fel un o drefi glan môr harddaf Cymru, ond ni fydd yr enw da yna'n para'n hir os ydi'r bobl yma'n mynnu dod yma a gwneud i bob man edrych yn flêr!

Dyma ni felly yn galw ar bobl Glannant – Codwch ar eich traed a gwnewch yn siŵr bod y bobl yma yn gwybod NAD OES CROESO I DEITHWYR YNG NGLANNANT!!!!

Glan Nant oedd enw'r blogiwr, ac roedd 'na gartŵn mawr o ddyn blin efo sbectol yn eistedd y tu ôl i'w gyfrifiadur. Ro'n i wedi bod yn treulio amser efo Joni bob dydd am tua wythnos pan ymddangosodd y blog – roedd Mam wedi bod yn ei ddarllen ar ei chyfrifiadur bach, ac wedi ei adael ar y soffa.

'Mam bach,' meddwn wrth ddarllen y geiriau piwis. Fyddwn i ddim yn darllen blogiau fel arfer – roedden nhw'n hir ac yn ddiflas – a doeddwn i ddim wedi clywed am Glan Nant o'r blaen, beth bynnag oedd ei enw go iawn o. Chwiliais yn ôl drwy bethau roedd o wedi cwyno amdanyn nhw o'r blaen, ac roedd 'na gasgliad o wahanol flogiau – rhai am wleidyddiaeth, rhai am lyfrau, y rhan fwyaf yn flin am rywbeth neu'i gilydd.

Daeth Mam i mewn efo paned, a 'ngweld i'n darllen yr erthygl. Ochneidiodd. Doeddwn i ddim wedi siarad efo hi'n iawn yn ddiweddar, gan 'mod i allan efo Joni o fore gwyn tan nos.

'Paid ti â dechrau poeni am bethau fel 'na, 'ngwas i,' meddai Mam, gan gymryd y cyfrifiadur o 'nwylo i. 'Fyddan nhw ddim yma'n hir.'

'Ddim am hynny dwi'n poeni! Dwi'n poeni am flogwyr yn sgwennu am betha dydyn nhw'n gwybod dim byd yn eu cylch nhw.'

'O, ond mae dy dad wrth ei fodd efo'r boi Glan

Nant 'ma. Mae o'n trio dyfalu pwy ydi o o hyd – yn deud ei fod o'n taro'r hoelen ar ei phen bob tro ...'

Fy nhro i oedd ochneidio. 'Mi fetia i nad ydi'r blogiwr yma wedi siarad efo 'run o'r teithwyr erioed. Mae'r ffordd mae o'n siarad amdanyn nhw'n afiach!'

'Dydi o ddim cynddrwg â ...'

'Mae o'n ofnadwy, Mam! Yn un peth, mae o'n eu galw nhw'n "haid" – ond dim fel 'na 'da ni'n siarad am bobl, naci? Haid o lygod mawr, neu haid o bryfaid – dim haid o bobl!'

Cododd Mam ei haeliau, yn synnu 'mod i mor flin am y peth. Byddai'n rhaid i mi fod yn ofalus os oeddwn i am gadw'r ffaith fod fy ffrind gorau newydd yn un o'r teithwyr yn dawel. Fyddai 'mywyd i ddim werth ei fyw petai Dad yn dod i wybod am hynny.

'Wel, bydd pob dim yn cael ei sortio ...' meddai Mam mewn llais meddal, a nodiais. Ond roedd y blog yn fy mhen i drwy'r nos, wrth i mi wylio'r teledu efo Mam, wrth i mi chwarae gemau yn fy llofft. Blincin blog, o bob dim! Gan rywun oedd ddim hyd yn oed yn ddigon dewr i roi ei enw iawn! Ac roedd Dad yn ffan o'r blogiwr yma, meddai Mam, ac yn trio dyfalu pwy oedd o. Mae'n siŵr mai un o ffrindiau Dad oedd y tu ôl i'r holl beth. Roedd popeth am y peth yn fy ngwylltio i, hyd yn oed y ffaith fod 'na lawer iawn gormod o ebychnodau ar ddiwedd brawddegau.

Gorweddais yn effro yn fy ngwely am amser hir, yn teimlo rhywbeth hollol newydd i fi.

Ro'n i wedi bod yn flin o'r blaen, wrth gwrs – pan o'n i'n colli rhyw gêm ar y cyfrifiadur, neu pan oedd y tîm arall yn sgorio mewn gêm bêl-droed, neu os oedd Jac yn bod yn ofnadwy o gas neu biwis. Ond rhywbeth gwahanol oedd hynny. Byddai'n pasio ymhen dim, ac fel arfer byddai'n troi'n deimlad arall yn eithaf sydyn – tristwch, fel arfer, neu siom. Ond roedd y math yma o fod yn flin yn corddi yn fy mol, ac yn gwneud i mi deimlo fel petawn i eisiau gwneud rhywbeth am y peth.

* * *

Y diwrnod wedyn oedd y diwrnod y cefais i fynd i weld lle roedd Joni'n byw.

Roedden ni wedi trefnu i gyfarfod i lawr wrth y traeth, ond roedd hi'n pigo bwrw, ac eisteddodd y ddau ohonom ar y fainc dan do am ychydig, yn trio meddwl beth i'w wneud ar ddiwrnod gwlyb. Roedd yr adfail yn bosibiliad, gan ei fod o'n dal dŵr bellach, ond roedd Joni eisiau mynd adref gyntaf i nôl rhywbeth. Pan ddywedodd o hynny, fe es i'n stiff i gyd.

'Tyrd 'ta!' meddai, gan godi ar ei draed.

'Be am i fi aros fa'ma amdanat ti? Dwi ddim isio bod dan draed efo dy deulu.'

'Callia! Ma Mam wedi bod yn gofyn am gael dy gyfarfod di, achos 'mod i wedi treulio cymaint o amser efo ti.'

Llyncais fy mhoer. Do'n i wir ddim eisiau mynd, o waelod calon. Gwnes fy ngorau i feddwl am esgus arall, ond ro'n i mewn panig. Codais ar fy nhraed, a dilyn Joni allan a thuag at Gae Rhianfa.

O, mam bach, roedd gen i ofn.

Safai'r carafannau ym mhen pellaf y cae, mewn rhyw fath o driongl mawr. Wrth i ni groesi'r glaswellt tuag at y carafannau, daeth ci bach du allan a gwibio fel bom tuag at Joni. Cododd yntau'r ci yn ei freichiau.

'Dyma Mot. Mae o'n hen rŵan, ond mae o'n dal yr un mor wirion ag oedd o pan oedd o'n un bach.' Gwthiodd y ci bach ei drwyn i fyny at wyneb Joni, a llyfu ei ên. Ro'n i'n eithaf nerfus o gŵn, ond roedd Mot yn ddigon bach ac annwyl yr olwg i mi deimlo'n ddigon hyderus i ymestyn draw a mwytho tu ôl i'w glust. Llyfodd fy llaw. 'O, dyna fo, rŵan,' gwenodd Joni. 'Chei di ddim llonydd ganddo fo rŵan dy fod ti wedi rhoi sylw iddo fo.'

Roedd y carafannau'n fwy nag yr oeddwn i wedi sylweddoli pan basion nhw'r tŷ ychydig wythnosau ynghynt. Ynghanol y triongl o garafannau, roedd llecyn bach saff i'r plant bach gael chwarae, ac roedd 'na gêm o rownders yn digwydd yn y canol.

'Joni!' gwaeddodd un ferch fach â gwallt golau, golau, bron yn wyn. Rhedodd at Joni gyda gwên fawr. 'Chwara efo ni!'

'Dim rŵan, Bet,' meddai Joni. 'A deud helô wrth Tom. Tom, dyma Bet, fy chwaer fach i.'

Trodd Bet ei llygaid ata i, a gwenu'n llydan. Er ei bod hi'n olau iawn, iawn, yn oleuach nag unrhyw un roeddwn i wedi'i weld o'r blaen, roedd rhywbeth yn debyg i Joni ynddi hi. Estynnodd ei llaw fach i ysgwyd fy llaw i, ac mi wnes fy ngorau i guddio fy syndod wrth wneud hynny. Welais i 'rioed ferch fach fel yna'n ysgwyd llaw o'r blaen.

'Helô, Tom.'

'Haia, Bet.'

'Tom?'

'Ia?'

'Wyt ti'n gallu chwara rownders?'

'Na, na, na,' meddai Joni'n bendant. 'Paid â swnian arno fo, Bet, 'da ni'n mynd o 'ma'n munud.'

'O!' Sticiodd Bet ei gwefus isaf allan yn bwdlyd. 'Dio'm yn deg!'

'Dio'm yn deg fod raid i mi wrando arnat ti'n cwyno bob munud, ond dyna ni,' meddai Joni. Roedd hi'n amlwg eu bod nhw wedi hen arfer ffraeo fel hyn. 'Tyrd, Tom.'

Arweiniodd Joni'r ffordd at garafán fawr. Rhaid i mi gyfaddef, roeddwn i'n ofnadwy o nerfus, a 'nghalon yn curo'n uchel o dan fy nghôt. Doedd gen i ddim syniad beth i'w ddisgwyl.

Agorodd Joni'r drws, a chamu i mewn, cyn amneidio arna i i'w ddilyn.

'Ti 'nôl yn fuan!' meddai dynes dal, dlos oedd yn darllen yn y gornel. Yna, sylwodd 'mod i yna hefyd, a gwenodd yn llydan. 'Wel, helô! Tom, ia? Meg ydw i, mam Joni.'

'Helô,' atebais yn swil. Cododd Meg ar ei thraed. Roedd ganddi wallt hir, golau fel Bet, ond roedd hi'n gwisgo ychydig o golur hefyd. Roeddwn i wedi dychmygu y byddai dynes efo chwech o blant yn edrych – wel, braidd yn flinedig. Ro'n i wedi meddwl y byddai hi'n dawel, yn pwyso dros y stof yn coginio byth a hefyd, ac yn gwneud ei gorau i gadw pob man yn lân gan fod y plant yn gwneud llanast. Ond roeddwn i'n anghywir am bob un o'r pethau yna. Roedd Meg yn edrych yn hapus ac yn fodlon, ddim wedi blino o gwbl – ac am y garafán! Wel. Welais i 'rioed nunlle mor dwt a thaclus yn fy mywyd. Roedd o'n hyfryd ac yn gyfforddus, ac arogl rhywbeth bendigedig a melys yn dod o'r ffwrn.

'Stedda i lawr, Tomos. Gymri di ddiod? Mae gen i sgwosh, neu siocled poeth.'

'Mae hi'n fis yr ŷd!' meddai Joni, gan eistedd i lawr ar un o'r soffas bach.

'Ia, ond mae siocled poeth wastad yn neis, dydi?' meddai Meg, gan daro'r tegell ymlaen a nôl y jar o siocled poeth. Amneidiodd i mi eistedd ar un o'r soffas bach.

'Mis yr ŷd?' gofynnais i Joni dan fy ngwynt, ond clywodd ei fam, a chwerthin yn ysgafn.

'Sori, Tomos. Un o hen ddraddodiadau'r teithwyr 'da ni'n dal i'w dilyn – enwau'r misoedd. Mis Awst ydi mis yr ŷd.'

'O!' Wyddwn i ddim beth i'w ddweud am hynny. Doedd Joni a fi ddim wedi trafod y ffaith ei fod o'n sipsi, neu'n deithiwr, neu beth bynnag. Ro'n i'n teimlo braidd yn chwithig yn sôn am y peth, am fod arna i ofn dweud y peth anghywir.

'Dydan ni ddim yn defnyddio'r hen enwau mor aml â hynny bellach, a dweud y gwir,' meddai Meg, gan estyn i'r cwpwrdd am dun mawr. Agorodd y tun a thorri dwy sleisen fawr o gacen siocled i ni. 'Ond dwi'n licio enwau'r misoedd.'

Roeddwn i eisiau gofyn beth oedd enwau'r misoedd eraill, ond ro'n i'n rhy swil.

Er bod Joni a finnau wedi bwriadu mynd i'r adfail y diwrnod hwnnw, wnaethon ni ddim yn y diwedd, ac ro'n i'n falch. Ar ôl cael cacen a siocled poeth, daeth brawd Joni, Bob, i mewn i'r garafán, a gofyn i ni chwarae pêl-droed am fod angen dau arall i gael gêm 5-bob-ochr. Felly allan â ni, a threulio oriau'n chwarae pêl-droed efo'r plant eraill oedd yn byw yn y carafannau. Ches i ddim fy nghyflwyno'n iawn iddyn nhw, ond wnaeth neb edrych arna i'n od, na gwneud i mi deimlo fel petawn i'n wahanol iddyn nhw. Roedd hi fel petawn i wedi bod yna erioed, yn un ohonyn nhw.

Pan oedd hi'n amser cinio daeth Meg â llwyth o grempogau allan, efo caws a ham y tu mewn iddyn nhw, er 'mod i wedi dod â phecyn bwyd o adref. Roedd hi wedi brafio erbyn hynny, ac eisteddodd pawb ar y gwair yn bwyta.

'Be wnewch chi ar ôl cinio?' gofynnodd un o'r bechgyn i fi a Joni, hogyn o'r enw Callum oedd tua deg mlwydd oed.

'Dwn i'm. Am dro falla. Neu fedrwn ni aros o gwmpas fa'ma. Be ti'n feddwl?' gofynnodd Joni i mi.

'Dim ots gen i,' atebais, er, mewn gwirionedd, ro'n i'n gobeithio cael aros o gwmpas y carafannau am weddill y prynhawn. Roedd hi mor braf fod Joni'n byw mor agos at ei ffrindiau i gyd. Mae'n siŵr nad oedd o byth yn unig.

''Di hi ddim yn deg dy fod ti'n cael mynd allan i'r dre,' meddai Callum yn bwdlyd, a chytunodd rhai o'r plant eraill. ''Da ni isio dod!'

'Chewch chi ddim nes 'da chi'n hŷn,' atebodd Joni'n syml. Fedrwn i ddim deall hynny – roedd plant deg oed ac iau yn cael crwydro Glannant fel arfer. Roedd y dref yn saff, yn enwedig os oedd rhywun yn cerdded o gwmpas y lle gyda'i ffrindiau.

Mae'n rhaid fod Joni wedi gweld 'mod i'n edrych yn amheus, achos dywedodd yn dawel, 'Mae pobl yn gallu bod yn gas efo ni. Unwaith maen nhw'n dod i wybod mai teithwyr ydan ni, maen nhw'n tueddu i greu trafferth.'

Nodiais yn dawel, a chofio beth oedd Jac a'r lleill wedi dweud ar ôl clywed bod 'na deithwyr yma. Beth fydden nhw wedi dweud petai 'na griw ohonyn nhw wedi dod ar draws hogyn bach fel Callum ar ei ben ei hun yn y dref?

Er ei fod o'n gwneud i mi deimlo braidd yn sâl, ro'n i'n gwybod yn iawn y byddai llawer o'r hogiau ro'n i'n ffrindiau gyda nhw yn yr ysgol yn pigo ar bobl am eu bod nhw'n deithwyr.

Roedd y prynhawn yna'n un digon diog – ychydig mwy o bêl-droed, chwarae efo'r ci bach, a chael mynd i un o garafáns yr hogiau eraill i chwarae pêl-droed ar y cyfrifiadur efo Joni a chriw o'r hogiau. Wedyn, fe aeth Joni a Bet a finnau yn ôl i'w garafán o, ac roedd o'n dangos ei gardiau pêl-droed i mi – a Bet yn trio dangos lluniau roedd hi wedi eu gwneud i mi o geffylau – pan ddaeth sŵn car mawr o'r tu allan.

'Mae Dad adra,' meddai Bet, cyn troi yn ôl at ei

llyfr lluniau. 'Hei, Tom, edrycha ar yr un yma, Seren ydi ei henw hi a ...'

Agorodd drws y garafán, a llyncais innau fy mhoer. Roeddwn i'n teimlo'n ofnadwy o nerfus, heb i mi stopio o gwbl i feddwl pam.

Doedd y dyn a gamodd dros y trothwy yn ddim byd tebyg i'r hyn roeddwn i wedi'i ddychmygu. Neidiodd Bet ar ei thraed a rhedeg i'w freichiau, a gwenodd Joni'n llydan arno.

'Ti 'di bod yn hogan dda i Mam?' gofynnodd y dyn i Bet, a nodiodd hithau.

'Mae Tom wedi dod yma! Fo ydi ffrind newydd Joni!'

Trodd y dyn ata i, a gwenodd – gwên go iawn, oedd yn cyrraedd ei lygaid. Estynnodd ei law i mi ei hysgwyd.

Dyn byr oedd o, tua'r un taldra â'i wraig, ac roedd o'n denau, denau. Gwallt golau oedd ganddo, ond croen eithaf tywyll, fel dyn sy'n treulio llawer o'i amser tu allan. Gwisgai jîns a chrys glas oedd yn gweddu i'w lygaid mawr, ac roedd ganddo grychau o gwmpas ei lygaid – arwydd ei fod o'n gwenu o hyd.

'Wel helô 'na, Tom. Lewis ydw i. Croeso i ti!'

'Ym ... diolch.' Doeddwn i ddim wedi arfer cael croeso fel hyn.

'Yng Nglannant wyt ti'n byw, ia?'

'Ia.'

'Lle braf! A ti'n mynd i'r ysgol yma? 'Da ni'n gobeithio anfon Joni, Bob a Bet yno ar ôl y gwyliau.'

'O!' Doedd Joni ddim wedi sôn am hynny, ond doeddwn i ddim wedi holi chwaith. Wnes i ddim meddwl sut roedd plant teithwyr yn mynd i'r ysgol.

Symudodd Lewis draw at Meg, ei wraig, a phlannu sws fawr ar ei gwefusau. Gwridais i'n syth – dim ond mewn ffilmiau roedd pobl yn cusanu fel 'na! Ond wnaeth Joni a Bet ddim ymateb o gwbl. Roedd hyn yn hollol normal iddyn nhw.

'Lle mae Bob?' gofynnodd Lewis.

'Yn chwarae cardiau yng ngharafán Callum,' atebodd Bet.

'Iawn. Dwi am fynd i 'molchi cyn bwyd,' meddai Lewis, a fflachiodd wên arall arna i cyn diflannu drwy un o ddrysau bach y garafán.

Arhosais yna gyda'r teulu bach am oriau, tan iddi ddechrau tywyllu – mynnodd Meg a Lewis 'mod i'n aros efo nhw am swper. Yn y diwedd, bu'n rhaid i mi fynd adref, neu byddai Mam yn poeni.

'Wela i di eto, gobeithio!' galwodd Lewis wrth i mi gerdded i ffwrdd oddi wrth y garafán.

'Croeso i ti bob amser!' ychwanegodd Meg.

Cerddodd Joni efo fi ar draws y cae at y giât. Ddywedodd o ddim byd am ychydig, ac wedyn, ar ôl i ni gytuno i gwrdd y diwrnod wedyn, a finnau'n meddwl ei fod o'n mynd i ffarwelio, gofynnodd, 'Oedd hynna'n rhyfedd i ti, Tom?'

'Be?'

'Dod i'r garafán fel 'na. Gweld y ffor' 'da ni'n byw.' Edrychodd i lawr ar ei esgidiau. 'Dydan ni ddim yn cael llawer o ymwelwyr, ti'n gweld. Mae'r rhan fwya o bobl fel petaen nhw ein hofn ni ...'

'Wel ...' Wyddwn i ddim sut i ymateb. Fel arfer, byddwn i'n smalio bod popeth yn iawn, 'mod i heb feddwl o gwbl am y ffaith mai teithwyr oedd cymuned Joni, ac nad oedd o'n golygu dim byd. Ond roedd rhywbeth am Joni'n gwneud i mi fod eisiau bod yn onest.

'Mae'n ocê,' gwenodd Joni wrth fy ngweld i'n oedi. 'Does dim rhaid i ti ddweud.'

'Na, na.' Cymerais anadl ddofn. 'Ro'n i'n nerfus am fynd i'r garafán a chyfarfod dy deulu di. Do'n i ddim yn gwybod be i'w ddisgwyl. Do'n i ddim wedi cyfarfod unrhyw sipsiwn cyn i mi gyfarfod â chdi.'

'Teithwyr, nid sipsiwn,' meddai Joni'n ofalus. 'Mae pobl yn defnyddio'r gair sipsiwn fel tasa fo'n rheg, felly mae'n well defnyddio gair arall.'

'Sori.'

'Paid â bod yn sori! Doeddet ti ddim i wybod.' Gwenodd Joni. 'Mi wnest ti fwynhau, do?'

'Do!' atebais yn frwd. 'Roedd pawb mor glên! Ac er

'mod i ddim yn gwybod be i'w ddisgwyl, roedd pawb yn wahanol i'r hyn ro'n i wedi'i ddisgwyl ...'

'Fel?'

'Wel,' meddyliais am y peth am funud. 'Dy dad, yn fwy na neb. Ro'n i'n meddwl mai dyn tal oedd o, llwythi o gyhyrau, tywyll iawn. Braidd yn ... galed. Ond dydi o ddim fel 'na o gwbl!'

Gwenodd Joni'n llydan. 'Caled! Na, mae Dad yn grêt. Ac yn hollol groes i'r hyn rwyt ti wedi ei ddisgrifio.'

Gwenais innau, cyn meddwl am rywbeth, ac yna diflannodd fy ngwên. Sylwodd Joni. 'Be sy?'

'Ti'n meddwl 'mod i'n ofnadwy am feddwl fel 'na? Ro'n i wedi dychmygu bod dy dad yn foi reit galed a chas, jest am eich bod chi'n deithwyr. Mae hynny'n ofnadwy, dydi ...'

Er mawr syndod i mi, nodiodd Joni. 'Wel, yndi. Ond yn naturiol hefyd. Dynion fel 'na ydi'r teithwyr maen nhw'n eu dangos ar y teledu ac mewn straeon a ballu. Ac maen nhw'n dangos y genod i gyd yn gwisgo llwyth o golur ac mewn ffrogiau mawr pinc fflyffi. Dwi ddim yn 'nabod unrhyw deithwyr fel 'na.'

'Ond mae'n ofnadwy 'mod i wedi cymryd, am eich bod chi'n ...'

'Anghofia fo, Tom. O leia rwyt ti'n gwybod rŵan. Mae'r rhan fwya'n gwneud penderfyniad i'n casáu ni heb fod wedi torri gair efo 'run ohonan ni, felly ti wedi gwneud mwy na'r rhan fwya o oedolion wrth ddod yma yn y lle cynta.' Nodiais. Teimlwn ychydig bach yn well.

'Wela i di fory 'ta?' mentrais, ddim yn siŵr a oedd o'n dal i fod eisiau bod yn ffrindiau efo fi.

'Iawn! Mae gan Dad ddiwrnod i ffwrdd fory, ac mae o isio dangos rhywbeth i ni.'

'Grêt! Ddo i yma tua hanner awr wedi naw, 'ta?'

'Iawn. Wela i di fory, Tom.'

'Hwyl!'

Pennod 8

Treuliais bob dydd ar ôl hynny ar Gae Rhianfa efo Joni a'i deulu a'i ffrindiau. Fel arfer, byddai ei dad yn gweithio, ac yn dod adref tua amser te gyda hanesion am yr hyn oedd wedi digwydd – rhyw geffyl gwyllt roedd o'n trio'i ddofi, neu ffermwr oedd yn gwneud ei orau i gael gwared ar y tyrchod daear oedd yn tyllu'r caeau. Byddai'n gofyn i mi am fy niwrnod bob dydd, ac weithiau'n dod yn ôl efo siocled a da-da yr un i Joni, Bob, Bet – a finnau. Ar ôl y diwrnod cyntaf yna, teimlwn fel petawn i wedi adnabod y bobl yma erioed. Roedden nhw'n fy nhrin i fel petawn i'n rhan o'r teulu – ac roedden nhw'n deulu agos iawn.

Weithiau, pan fyddai Joni'n ffraeo efo'i frawd a'i chwaer, bydden ni'n dau'n cerdded i lawr i lan y môr am ychydig. Ond roeddwn i eisiau dychwelyd i Gae Rhianfa bob tro, achos roedd rhywbeth yn gynnes ac yn hyfryd am y ffordd roedd pawb efo'i gilydd o hyd. Byddai'r plant yn ffraeo'n gyson, ac weithiau byddai Meg yn dwrdio ambell un am gario mwd i mewn i'r garafán ar ei sgidiau – ond roedden nhw'n tynnu 'mlaen yn dda.

Un o'r pethau rhyfeddaf oedd gweld rhieni Joni gyda'i gilydd.

Wrth gwrs, ro'n i wedi gweld Mam a Dad yn sgwrsio ac yn chwerthin, weithiau, dros y bwrdd bwyd – er nad oedd hynny wedi digwydd ers talwm, chwaith. Ond roedd Meg a Lewis yn wahanol. Byddai'r ddau yn eistedd i lawr am baned a sgwrs yn aml, heb edrych ar ffôn neu ar sgrin y teledu neu ddarllen papur. A phan oedd Meg yn gwneud bwyd neu baned i Lewis, sylwais ei fod o'n diolch iddi bob tro – nid dim ond yn diolch, a dweud y gwir, ond yn golygu pob gair. Yn edrych i fyny i fyw ei llygaid gyda gwên, ac yn dweud, 'Diolch, Megs.' Byddai hithau'n syllu 'nôl arno gyda gwên fach ac yn dweud, 'Croeso tad.'

Unwaith, gwelais y ddau yn eistedd ar y grisiau bach yn arwain at y garafán, a chlywais y geiriau *blog o'r enw Glan Nant* yn cael eu dweud. Edrychai'r ddau braidd yn flinedig a thrist wrth drafod hynny, ond roedden nhw'n dal dwylo, o leiaf.

Ar yr ail ddiwrnod, daeth Lewis â rhywbeth bach allan o'i gar i ddangos i Joni a minnau – cap haul, ac ynddo roedd un wylan fach hyll, babi bach, a'i phlu i gyd yn llwyd.

'Peidiwch â dangos i Mam, neu mi fydd hi'n cwyno am y llanast,' meddai Lewis. 'Roedd 'na ryw deulu wedi cael gwared ar nyth gwylanod o'u tŷ, ac wedi taflu'r nyth i'r bin! Ac roedd y beth fach yma ynddo fo.'

Estynnais fy llaw yn betrus i fwytho pen yr aderyn bach. Roedd o'n feddal iawn ond yn gynnes, a doedd o ddim yn edrych yn ofnus.

'Mi wna i ei adael o yng nghist y car, ond chi sy'n mynd i orfod edrych ar ei ôl o, iawn?'

'Be mae gwylanod bach yn ei fwyta?' gofynnais, wedi fy hudo gan y peth bach hyll, diniwed.

'Mwydod a phethau felly, ia?' holodd Joni, ei lygaid yn dynn ar yr aderyn.

'Bwyd cathod bach,' atebodd Lewis yn bendant. 'I ddechrau, beth bynnag. Dwi wedi prynu pecynnau bach ohonyn nhw. Ac ylwch – peidiwch â chael gormod o siom os ydi'r deryn bach yn marw. Mae hi'n anodd iawn iddyn nhw fyw heb fam a thad i edrych ar eu holau nhw.'

Nodiais yn ddifrifol. Yn ystod y dyddiau nesaf, byddai Joni a finnau'n treulio llawer o amser yng nghist agored car Lewis, yr wylan fach – Jini oedd ei henw – yn llaw un ohonom, ei phig bach yn agor a chau fel petai'n trio ymuno â'r sgwrs.

* * *

'Haia!' Caeais ddrws y tŷ tu ôl i mi, a chlustfeinio am ateb. Roeddwn i'n dod yn ôl ar ôl diwrnod arall ar Gae Rhianfa, ac, fel arfer, ro'n i wedi blino'n lân. Roedd sŵn y teledu ymlaen yn yr ystafell fyw, ond doedd neb yna, ac felly cerddais tuag at y gegin. Pwyllais wrth glywed lleisiau yn dod o'r ochr arall i'r drws, ac er 'mod i'n gwybod na ddylwn i wneud, clustfeiniais.

'... Dwi ddim yn gofyn lot, ydw i!' meddai Dad, yn y dôn yna sydd ganddo fo pan mae o'n gofyn cwestiwn sydd ddim yn disgwyl ateb. 'Dwi'n gweithio'n galed drwy'r dydd, Mona ...'

'Wyt siŵr!' meddai Mam yn feddal i gyd. 'Ond do'n i jest ddim yn teimlo'n ddigon da i goginio heno 'ma ... Mi fedra i wneud brechdan i ti, Dewi ...'

'Be? Wyt ti'n sâl?' gofynnodd Dad yn biwis.

'Ddim yn union ... Dwi jest ddim yn teimlo'n iawn.'

Gwthiais y drws yn agored, a throdd Mam a Dad i edrych arna i mewn syndod. Mae'n rhaid nad oedden nhw wedi 'nghlywed i'n dod i mewn. Syllodd pawb ar ei gilydd mewn tawelwch am ychydig.

'Dim ond rŵan wyt ti'n cyrraedd adra?' cyfarthodd Dad yn biwis. Roedd tymer ddrwg arno fo.

'Dwi wedi bod allan drwy'r dydd, yn union fel roeddech chi isio,' atebais, ac agorodd Mam ei cheg ryw fymryn wrth fy nghlywed i'n siarad mor bowld efo Dad. Doeddwn i byth yn ateb yn ôl fel arfer.

Edrychodd Dad arna i'n rhyfedd hefyd, a cheisiodd

feddwl am ffordd o ymateb. Wedi'r cyfan, roedd yr hyn a ddywedais i'n hollol resymol. Fo oedd wedi bod yn swnian 'mod i ddim yn mynd allan. 'Dwi ddim yn siŵr 'mod i'n hoffi tôn dy lais di, Tomos,' rhybuddiodd.

A dyna pryd wnes i o.

Weithiau, mae un weithred fach, sydd yn edrych fel dim byd i bawb arall, yn golygu cymaint i ni. A dwi ddim yn siŵr pam ei fod o wedi teimlo fel peth mor fawr a phwysig, ond mi oedd o.

Codais fy llygaid, ac edrych yn syth i mewn i lygaid Dad. Syllais arno fo ar draws y gegin.

Mi wn i mor wirion mae hynny'n swnio. Ond dyna pryd y sylweddolais i 'mod i byth, byth yn edrych i lygaid Dad pan oedd o'n siarad efo fi – do'n i ddim wedi gwneud erioed. A rŵan 'mod i wedi gwneud, roedd o'n teimlo fel petawn i'n gwneud rhywbeth ofnadwy.

'Be sy'n bod efo ti heno?' gofynnodd Dad yn flin, ac edrych i ffwrdd. Am mai fo wnaeth edrych i ffwrdd yn gyntaf, teimlwn mewn rhyw ffordd ryfedd 'mod i wedi ennill.

'Dim byd. 'Da chi'n iawn, Mam?'

'Yndw, tad! Yndw! Wel. Dim gant y cant, yndê. O, Tom! Wnei di ffafr efo fi?'

'Be?'

'Dim llawer o hwyl coginio arna i heno, felly fasa

ti'n cerdded i lawr i'r siop jips i brynu swper? Mi gei di bres ychwanegol i brynu pop i ti dy hun, yli ...'

Estynnodd i'w bag am ei phwrs.

'Dwi ddim isio sglodion i swper,' meddai Dad yn bwdlyd. 'Mae dyn angen pryd iawn o fwyd cartref ar ôl diwrnod hir yn y gwaith ...'

Edrychodd Mam i fyny arno mewn anobaith llwyr. Doedd dim byd y gallai hi fod wedi'i wneud – roedd hi'n rhy hwyr i ddechrau coginio rhywbeth nawr, ond roedd Dad yn swnian.

'Mae'n iawn,' meddwn. 'Mi wna i fynd i lawr i'r siop jips. Dwi ddim yn meindio.' Roeddwn i wedi cael pei cyw iâr cartref gan Meg, a phwdin bara ar ei ôl o, ond roedd fy stumog wedi dechrau arfer efo cael dau swper bob nos.

'Dwi ddim isio tsips!' meddai Dad yn uchel, yn dechrau gwylltio go iawn. Dechreuodd fy nghalon guro'n gyflymach. Fyddai Dad ddim yn gwylltio'n aml – roedd o'n fwy tebygol o fynd yn dawel a dweud pethau dan ei wynt pan oedd o'n flin. 'Sgynnoch chi ddim syniad faint o bwysau sydd ar fy 'sgwyddau i efo'r holl fusnes sipsiwn yma!' Ysgydwodd ei ben, ei wyneb yn goch i gyd. 'Mi fyddai unrhyw deulu arall yn gwerthfawrogi rhywun fel fi ...'

'Teithwyr,' meddwn heb feddwl, a lledodd llygaid Dad. Trodd Mam i edrych arna i mewn syndod.

'Be?' gofynnodd Dad.

'Teithwyr, nid sipsiwn. Mae'r gair sipsiwn yn cael ei ystyried yn rheg. Teithwyr ydi'r gair cywir.'

Agorodd Dad ei geg ryw fymryn, fel petai'n ceisio penderfynu beth yn union roedd o am ei wneud am y ffaith 'mod i'n bod mor ddigywilydd. Yn y diwedd, dweud dim wnaeth o, dim ond taranu i fyny'r grisiau. Edrychodd Mam a finnau ar ein gilydd am ychydig, a gwnaeth Mam ei gorau i wenu. Roedd hi'n dal yn yr un pyjamas ag yr oedd hi'n eu gwisgo pan adawais i'r bore hwnnw.

A dweud y gwir, wedi meddwl, roedd hi wedi bod yn gwisgo'r rheiny ers dyddiau. Roedd ei gwallt wedi bod yn yr un blethen ers hydoedd. A – does 'na ddim ffordd garedig o ddweud hyn – roeddwn i'n gallu ei harogli hi. Chwys, ac arogl cwsg.

Llyncais fy mhoer wrth edrych arni, yn methu'n lân â choelio nad oeddwn i wedi gweld cyn hyn mor ofnadwy roedd hi'n edrych. Roeddwn i wedi bod mor brysur efo Joni, mor brysur efo'i deulu hyfryd o, wnes i ddim sylwi bod pethau'n edrych yn ddu iawn ar fy nheulu fy hun. Neu efallai 'mod i'n gallu gweld pethau'n gliriach rŵan 'mod i'n gwybod bod teuluoedd fel un Joni yn bodoli.

Teuluoedd oedd yn *licio*'i gilydd.

'Ydach chi'n sâl, Mam?' gofynnais yn dawel. Edrychodd Mam i lawr ar ei dwylo.

'Na! Na.' Bu'n dawel am ychydig. 'Dwi ddim ar fy ngora, Tomi.'

Llenwais y tegell, a gwneud paned i Mam. Wyddwn i ddim beth i'w ddweud, ond ro'n i'n gwybod bod raid i mi ddweud rhywbeth.

Beth fyddai Joni'n ei wneud rŵan?

Ond yn y diwedd, doedd dim angen i mi ddweud dim byd. Pan roddais y baned i lawr o flaen Mam, gorchuddiodd hi ei llygaid efo'i dwylo, fel petai'n crio. Eisteddais i lawr yr ochr arall i'r bwrdd.

'Be sy, Mam?'

'Dim byd, 'ngwas i. Dim ond 'mod i'n falch ofnadwy ohonat ti.' Daliodd y baned yn ei dwylo. Doedd hi ddim yn crio wedi'r cyfan, ond roedd ei llygaid yn sgleinio. 'Fedra i ddim cofio'r tro dwytha i rywun wneud paned i mi.'

Fedrwn i ddim ei hateb hi, achos roedd hynny mor drist. Mam oedd yn gwneud pob dim yn tŷ ni, ond prin roedd hi'n cael gair o ddiolch – a phan oedd Dad neu fi yn diolch, dweud am ein bod ni wedi arfer gwneud fydden ni. Doedden ni ddim yn ei feddwl o go iawn.

'Hei, Mam. Be am i ni gael diwrnod, jest chi a fi, fory? Pan fydd Dad yn y gwaith?'

'O, dwi'n iawn, Tomi.' Sipiodd Mam ei phaned. 'Wir i ti! Dos di allan efo dy ffrindiau, mwynha dy wyliau! A beth bynnag, dwi ddim isio mynd allan o'r tŷ, a dweud y gwir.'

'Gawn ni aros i mewn a gwylio ffilm yn y bore, ac wedyn, os ydach chi'n teimlo'n well, gawn ni fynd am dro bach neu beth bynnag.'

'O, Tomi ...'

'Plis, Mam.'

Edrychodd Mam i lawr wedyn, a nodio. 'Ocê. Mi fydd hynna'n neis. Diolch i chdi, 'ngwas i. Ti wastad wedi bod yn hogyn da.'

* * *

Y bore wedyn, anfonais neges at Joni ar y ffôn yn dweud, "Methu dod heddiw, Mam yn ddigalon. Wela i di fory? Tom." Wedyn, ar ôl i mi glywed car Dad yn gadael ar ei ffordd i'r gwaith, codais a mentro i lawr i'r gegin, a gwneud mynydd o dost a marmalêd a phot o goffi i Mam.

Peidiwch â meddwl 'mod i'n gwneud pethau fel hyn o hyd. Do'n i ddim, byth – ddim ar ben-blwydd Mam, ddim ar Sul y Mamau, byth bythoedd. Ond dwi'n meddwl 'mod i wedi teimlo bod angen rhywbeth mawr ar Mam, a dyna'r unig beth y gallwn i feddwl amdano.

'Mam?' meddwn wrth wthio drws ei llofft efo fy nhroed. "Da chi'n effro?'

Eisteddodd Mam i fyny yn ei gwely, a rhwbio'i llygaid yn flinedig.

'Sori, wnes i'ch deffro chi? Mae gen i dost a choffi.'

Edrychodd Mam arna i, a gadael i wên fach ledu dros ei hwyneb. Am y tro cyntaf ers hydoedd, roedd hi'n edrych yn dlws. 'Wel wir! Am beth ffeind i'w wneud. Diolch, Tom.'

'Mae'r tost wedi llosgi braidd. Ond mae o'n ocê. Ac mi wnes i ddefnyddio'r marmalêd 'da chi'n licio.' Gosodais y plât ar ei glin, a rhoi'r coffi ar y cwpwrdd bach yn ymyl ei gwely.

Cymerodd Mam gegaid o'r tost, a gorymateb er mwyn bod yn glên. 'Mmmm! Mae o'n hyfryd! Diolch i ti, 'ngwas i.'

''Mond tost ydi o, dwi'm yn rhoi un o fy arennau i chi,' atebais yn chwareus.

'Yli,' meddai Mam wedyn, ar ôl sipian ei choffi. 'Dwi'n teimlo'n gymaint gwell rŵan. Dos di allan efo dy ffrindiau. Mi fydda i'n iawn. Wir.'

Wrth gwrs, dyna'n union roeddwn i eisiau ei wneud, ond wnes i ddim gadael i mi fy hun feddwl am y peth, hyd yn oed. 'Na, na, dwi'n ffansïo diwrnod adra beth bynnag. Ewch chi i gael cawod ar ôl gorffen eich brecwast, ac mi wna i ddewis ffilm, ocê?'

'Iawn. Diolch, Tom.'

Mewn ychydig, roeddwn i yn y gegin yn bwyta fy mrecwast fy hun, a sŵn y gawod yn rhedeg i fyny'r grisiau. Diolch byth, roedd Mam yn ymolchi o'r diwedd. Mae'n rhaid ei bod hi'n teimlo ychydig bach yn well. Clywais sŵn y blwch llythyrau, a chodi llaw ar Dan, bachgen o 'nosbarth i oedd yn gwneud y rownd bapur newydd. Cododd Dan ei fawd yn ôl, ac es i i godi'r papur.

Fyddwn i byth yn edrych ar y papur – dim ond Dad oedd yn ei ddarllen o – ond wrth i mi ei roi o ar yr ochr yn y gegin, suddodd fy nghalon wrth i mi weld y pennawd, a'r llun hyll o Dad yn edrych yn flin wrth edrych i lawr ar y carafannau ar Gae Rhianfa.

TEITHWYR "YN BLA" YN ÔL CYNGHORYDD LLEOL

Mae Dewi Vaughan, cynghorydd sir ward De Glannant, wedi mynegi ei sioc a'i bryder ynglŷn â chymuned deithiol sydd wedi symud i dir cyhoeddus ar Gae Rhianfa, Glannant.

'Does dim rhaid i mi ddweud bod pobl fel hyn yn dod efo llwythi o broblemau glendid a phroblemau cymdeithasol,' meddai Mr Vaughan, sy'n byw yn y dref. 'Mae Cae Rhianfa yn dir cyhoeddus ac yn fan chwarae pwysig iawn i ni yma yng Nglannant. Ac mae'n bwysig iawn i ni fod y lle ddim yn edrych yn flêr, gan ein bod ni'n dibynnu cymaint ar dwristiaid.'

Er bod rhai unigolion lleol wedi dweud y dylid croesawu'r teithwyr, mae Mr Vaughan yn benderfynol bod y mwyafrif o drigolion Glannant yn gwrthwynebu presenoldeb y teithwyr. 'Maen nhw wedi dod yma yn un haid, a dydyn nhw'n dod â dim byd i'r dref – maen nhw'n aros efo'i gilydd ym mhen pella'r cae. Mae'n bwysig i ni warchod Glannant rhag pobl fel hyn.'

Mae Mr Vaughan mewn trafodaethau gyda'r Cyngor a'r heddlu ynglŷn â'r sefyllfa. Nid oedd unrhyw un o'r gymuned deithiol ar gael i wneud sylw.

Yn y llun, roedd plant y teithwyr yn smotiau bach yn chwarae yn y cefndir, yn llawer rhy bell i'w gweld yn iawn. Ond gallwn weld fy siwmper goch Cymru i yn eu canol nhw. Cofiwn y prynhawn yna'n iawn, dim ond ychydig ddyddiau ynghynt. Roedden ni wedi bod yn chwarae tic. Roedd Bet wedi chwerthin nes iddi orwedd i lawr yn y gwair, yn fyr ei gwynt.

Ym mlaen y llun, safai Dad a'i wyneb yn goch ac yn flin, ei dei yn rhy dynn ar ddiwrnod poeth. Meddyliais peth mor ofnadwy oedd bod mor flin wrth sefyll o flaen cae o blant oedd yn cael hwyl ac yn chwerthin.

Maen nhw'n dweud eich bod chi'n newid wrth

fynd yn hŷn, a'ch personoliaeth yn datblygu. Maen nhw'n dweud bod pobl ifanc yr un oed â fi yn gallu mynd yn anodd i'w trin, yn biwis ac yn ateb yn ôl o hyd. Ond roeddwn i wastad wedi bod yn fachgen mor dawel, wastad wedi bihafio. Roeddwn i'n treulio mwy o amser yn gofalu nad oeddwn i'n cael fy hun i mewn i drwbl nag oeddwn i'n meddwl am gambihafio.

Ond dwi'n meddwl mai dyna pryd y sylweddolais i 'mod i *yn* tyfu. Wrth edrych ar wyneb Dad ar flaen y papur yna, doeddwn i ddim yn teimlo fel hogyn bach mwyach. Ac roedd Dad yn edrych mor, mor hen a bach a chwynfanllyd.

Clywais Mam yn dod allan o'r gawod, ac yn cerdded i'w llofft. Stwffiais y papur newydd i un o ddroriau'r gegin. Byddai'n rhaid i mi anghofio am y peth am heddiw. Canolbwyntio ar Mam.

Roedd y ffilm yn un o'r wythdegau am ddyn oedd wedi creu peiriant amser allan o gar. Dywedai Mam mai dyma un o'i hoff ffilmiau pan oedd hi'n tyfu i fyny, oedd yn fy synnu i braidd, achos roedd o'n wahanol i'r rwtsh diflas, rhamantus roedd hi'n ei wylio fel arfer. Ond roedd hi'n cofio ambell linell o'r sgript!

'Be am i ni fynd allan am ginio?' dywedais ar ôl i'r ffilm orffen. Edrychodd Mam arna i'n nerfus braidd.

'Dwn i ddim, Tomi. Dwi heb fod allan o'r tŷ ers talwm ...'

'Awn ni yn y car, draw i Gaffi'r Llan. Mae hi wastad yn dawel yn fanno.' Gwyddwn fod Caffi'r Llan yn un o hoff lefydd Mam. Lle bach tawel oedd o ar gyrion y goedwig, ac roedd o'n debyg i gaban pren hen ffasiwn.

Dwi'n meddwl ei bod hi ar fin dweud na, ond newidiodd rhywbeth ynddi, a gwenodd yn wan arna i. 'Iawn. Gad i mi roi 'chydig o golur ymlaen, ac mi awn ni'n dau.'

Ro'n i'n iawn. Roedd hi'n dawel yng Nghaffi'r Llan. Gwenodd y ddynes y tu ôl i'r cownter arnon ni, a gwenodd Mam yn ôl yn nerfus. Dewison ni fwrdd wrth y ffenest oedd yn edrych dros y goedwig. Rywle yn y goedwig yna, roedd den Joni a fi. Tybed sut siâp oedd arno bellach?

Fel arfer, roedd y bwyd yn hyfryd – brechdan i Mam, a byrgyr i finnau, a tsips i ni'n dau. Ro'n i ynghanol sgwrsio am fyrgyrs afiach ffreutur yr ysgol, pan dorrodd Mam ar fy nhraws yn ysgafn.

'Dyma'r tro cynta i fi fod allan o'r tŷ ers wythnosau, wsti, Tomi.'

Edrychais i fyny o 'mhlât. Allai hynny ddim bod yn wir! Ond wrth i mi feddwl am y peth, sylweddolais ei fod o. Roedd y siopa i gyd yn cael ei wneud ar-lein. Roedd ffrindiau Mam wedi diflannu, un ar ôl y llall, ers blynyddoedd. Wyddwn i ddim pam. Doedd dim rheswm ganddi i fynd allan.

Ond sut na wnes i sylwi?

'Pam, Mam?' gofynnais yn dawel, ac ysgydwodd Mam ei phen fel petai'r peth yn benbleth iddi hithau. 'Ydach chi'n drist?'

'Ddim yn union,' atebodd Mam yn feddylgar. 'Dwi ddim yn teimlo llawer o bethau o gwbl, a dweud y gwir.'

Llyncais, wedyn, sawl tro. Roedd hynny'n swnio'n ofnadwy.

'Tan neithiwr, pan wnest ti ddweud hynna wrth dy dad am beidio galw'r teithwyr yn sipsiwn, ac mi wnes i deimlo'n falch.'

'Mam ...'

Estynnodd ei llaw ar draws y bwrdd a dal fy llaw i. 'Weithiau, mae dy ffrindiau ysgol yn dod draw neu'n ffonio i ofyn wyt ti'n dod allan efo nhw. Felly dwi'n gwybod nad wyt ti wedi bod efo nhw yn ystod yr wythnosau dwytha 'ma. A dwi wedi bod yn reit falch am hynny. Mae Jac yn gas efo chdi weithiau, Tomi, felly ti'n well hebddo fo.'

Cymerais lond ceg o fy niod oren. Doedd gen i ddim syniad beth i'w ddweud wrth Mam.

'Ti wedi bod ar Gae Rhianfa, do Tom?'

Nodiais yn dawel, ac edrych i fyny ar Mam i weld ei hymateb. Wedi'r cyfan, roeddwn i wedi bod yn dweud celwyddau wrthi bob dydd am wythnosau. Ond rhoddodd Mam wên fach yn ôl i fi, nid un o'r rhai blinedig ro'n i wedi arfer efo nhw, ond gwên go iawn oedd yn gwneud iddi edrych yn ifanc.

'Sori am ddeud clwydda.'

'Mae'n iawn. Roedd rhaid i ti, neu byddai dy dad wedi ei cholli hi'n llwyr.' Rhoddodd Mam sglodyn yn ei cheg, a'i gnoi'n feddylgar cyn holi, 'Sut bobl ydi'r teithwyr, Tom?'

Wnes i ddim cau fy ngheg am bron i hanner awr. Dywedais y cyfan wrth Mam, o'r dechrau un pan wnes i gyfarfod Joni ar y traeth hyd at ddoe ar Gae Rhianfa efo nhw. Soniais am ei deulu, am ei fam a'i dad caredig ac am yr wylan fach. Sgleiniai llygaid Mam wrth wrando, a dechreuodd fwyta'n iawn hefyd – dim pigo fel roedd hi'n ei wneud yn ddiweddar. Erbyn i mi orffen siarad, roedd ei brechdan a'i sglodion wedi diflannu.

'Byddai dy dad yn colli ei limpyn yn llwyr.'

'Dwi'n gwybod. A dwi heb ddweud wrth Joni na'i deulu fod Dad fel mae o.' Es i'n dawel, dawel wedyn, achos roedd y frawddeg oedd yn fy meddwl i'n syndod i mi fy hun.

'Be?' gofynnodd Mam.

'Mae gen i gywilydd ei fod o fel mae o, Mam.'

Nodiodd Mam, fel petai hynny ddim yn beth ofnadwy i'w ddweud. Trodd i ddal llygad y gweinydd, ac archebodd goffi arall iddi hi ei hun.

'Dim ots be sy'n digwydd, Tomi, rhaid i ti gofio 'mod i'n falch ohonat ti. Mor, mor falch.'

'Ydach chi'n mynd i fod yn iawn, Mam?' gofynnais, achos yn sydyn iawn, dyna oedd fy ofn mwyaf – y ffaith fod Mam heb adael y tŷ ers wythnosau, a bod Dad yn siarad yn flin efo hi'n aml, a bod ganddi ddim ffrindiau.

'Dwi'n meddwl 'mod i,' atebodd hithau, cyn gwasgu ei gwefusau'n dynn at ei gilydd. 'Dwi angen bod yn ddigon dewr i newid.'

Wyddwn i ddim ar y pryd beth roedd hi'n ei feddwl wrth ddweud hynny, ond byddwn i – a phawb arall – yn dod i wybod cyn bo hir iawn.

Pennod 9

Aeth pethau'n flêr iawn, iawn yn sydyn iawn, iawn.

Roedd ein tŷ ni wedi newid. Dwn i ddim yn union beth achosodd y newid mawr, ond Mam oedd y peth mwyaf. Y noson honno ar ôl i ni fynd i'r caffi, coginiodd swper i ni'n tri, ac am y tro cyntaf ers hydoedd, rhoddodd y radio bach ymlaen yn y gegin yn lle coginio mewn tawelwch. Fe wnaeth hi bobi cacen, hyd yn oed. Stopiodd Dad yn stond pan ddaeth i mewn drwy'r drws.

Y bore wedyn, roedd Mam yn effro ac wedi cael cawod a gwisgo amdani yn gynnar, ac roedd ffenestri'r tŷ i gyd yn agored wrth iddi lanhau pobman yn sydyn. Wrth i mi lowcio brecwast, clywais Dad yn gofyn iddi, 'Popeth yn ocê, Mona?' a hithau'n ateb, 'Yndi, tad.' Fedrwn i ddim peidio gwenu. Tra oeddwn i allan efo Joni a'i deulu y diwrnod hwnnw, aeth Mam i'r llyfrgell i fenthyg llyfrau, ac i'r siop i brynu bwyd. Byddai'r pethau yna'n ddibwys i'r rhan fwyaf o bobl, ond gallwn weld pan ddywedodd hi wrtha i wedyn ei fod o'n teimlo fel peth pwysig i Mam.

Y noson honno, roedd Dad mewn gwell tymer hefyd.

'Mona! MONA! Oes 'na inc ar ôl yn yr argraffydd?'
gofynnodd wrth i Mam baratoi swper.

'Oes.'

'Oes 'na ddigon? Dwi angen argraffu posteri.
Llawer ohonyn nhw.'

'Oes, mae o bron yn llawn.'

Pan ddaeth hi'n amser swper, daeth Dad â llond
llaw o'r posteri at y bwrdd. Trois fy llygaid atyn nhw
a suddodd fy nghalon yn syth. *O na ...*

DIM SIPSIWN!!!

BYDD PROTEST AR GAE RHIANFA NOS WENER
AM 7 I DRIO CAEL GWARED AR Y SIPSIWN
SYDD WEDI YMGARTREFU YMA!!!

DEWCH I DDANGOS IDDYN NHW FOD
DIM CROESO I SIPSIWN YNG NGLANNANT!!!

Nos Wener. 'Nos fory,' meddwn yn wan.

'Ia. Mi fyddwn i wedi licio mwy o amser i drefnu,
ond mae 'na sôn bod y bobl yma'n mynd i drio anfon
eu plant i ysgolion y dre, ac mae'n rhaid i ni ddangos
yn glir iddyn nhw na fydd hynna'n digwydd.'

Gosododd Mam blatiau'n drymlwythog o *lasagne*

o flaen Dad a finnau, ac yna gwelodd y poster. Edrychodd i fyny a dal fy llygad i.

Aeth i nôl ei phlât ei hun, ac eistedd efo ni. Ond dim ond Dad oedd yn bwyta. Roedd Mam a fi'n edrych ar ein gilydd, ac yna ar y posteri, ac yna ar ein gilydd eto.

Ac yna, dywedodd Mam un gair, a dwi ddim yn meddwl ei bod hi wedi dweud yr un gair yna wrth Dad erioed o'r blaen.

'Paid.'

Edrychodd Dad i fyny, a'i gweld hi'n syllu arno. Llyncodd ei fwyd, a chrychu ei dalcen. 'Paid? Paid be? Am be wyt ti'n sôn?'

'Y brotest yma. Paid. Dydi o ddim yn iawn.'

Caeodd Dad ei lygaid wedyn, fel petai Mam yn ferch fach anufudd oedd yn bod yn ddigywilydd. 'Does gen ti ddim syniad am be wyt ti'n sôn ...'

'Ti heb gwrdd â 'run teithiwr yn dy fywyd, Dewi. Paid â gwneud hyn.'

'Mona!'

'A teithwyr ydyn nhw, nid sipsiwn. Roedd Tomos yn iawn.'

Syllodd y ddau ar ei gilydd am amser hir ar draws y bwrdd, a wyneb Dad yn mynd yn gochach ac yn gochach, a Mam fel petai'n tyfu mewn ffordd anweledig, ac yn mynd yn iau hefyd.

'Mi. Wna. I. Fel. Licia. I!' meddai Dad yn gandryll.

'Iawn,' atebodd Mam yn dawel. 'Ond dwi'n dy rybuddio di, Dewi. Paid â meddwl bydd popeth yn iawn ar ôl hyn.'

Am unwaith, doedd gan Dad ddim atebion.

Roedd Mam yn edrych mor, mor gryf a gwych wrth fwrdd y gegin y noson honno. Ond roeddwn i'n ei 'nabod hi'n well na neb, ac fe aeth i'r gwely'n gynnar y noson honno, ar ôl dweud wrtha i ei bod hi'n teimlo'n wan i gyd ar ôl siarad efo Dad fel yna. Aeth yntau allan i rywle, a ddaeth o ddim yn ôl tan yn hwyr. Mae'n siŵr mai mynd i roi'r posteri i fyny oedd o, ond roeddwn i wedi medru cymryd un, a'i blygu'n sgwâr fach bigog yn fy mhoced. Gwyddwn y byddai'n rhaid i mi fynd i Gae Rhianfa yn gynnar y bore wedyn, a chael sgwrs onest efo Joni a'i deulu. Roedd hi'n bryd iddyn nhw wybod y gwir amdana i a Dad a'r hyn oedd yn mynd i ddigwydd ar Gae Rhianfa nos fory.

Pennod 10

Eisteddodd Lewis wrth y bwrdd yn y garafán, ac agor y darn papur roeddwn i wedi ei roi iddo. Edrychodd Meg a Joni dros ei ysgwydd, a darllenodd y tri y poster roedd Dad wedi ei wneud am y brotest a fyddai'n digwydd y noson honno.

'A, ia,' meddai Lewis, cyn ochneidio. 'Y brotest. Fe welais i un o'r posteri yma mewn ffenest siop y bore 'ma. Diolch am ddweud, Tomi. Does 'na ddim llawer y gallwn ni wneud am y peth, heblaw aros yn ein carafannau a chau'r drysau i gyd.'

'Ond 'da chi ddim yn dallt,' meddwn yn wan.

Edrychodd Lewis i fyny arna i.

'Dad sydd wedi trefnu'r brotest.'

Aeth y garafán yn dawel, dawel. Edrychais ar Joni, ac roedd o'n edrych fel petai ar fin crio, ac wrth gwrs, wedyn ro'n innau eisiau crio hefyd.

Symudodd Meg draw ac eistedd yn fy ymyl, a rhoi ei braich amdana i. Fedrwn i ddim dal yn ôl wedyn. Llithrodd ambell ddeigryn i lawr fy mochau, a sychais nhw'n sydyn gyda chefn fy llaw.

'Sori,' meddwn yn sigledig. 'Mae o'n ... Fel 'ma mae o.'

'O, Tomi, 'nghariad i. Does gen ti ddim yn y byd i ymddiheuro amdano fo. Mae pethau fel hyn yn digwydd i ni'n aml. Mae 'na lawer yn teimlo 'run fath â dy dad, wsti,' meddai Meg mewn llais meddal, rhesymol.

'Ond dydi o ddim yn iawn!' meddwn wedyn. 'Dydi o ddim yn deg.'

'Hei, mêt,' meddai Joni, a rhoi gwên fach i mi. 'Mi wnest ti benderfynu bod yn ffrind i fi – ac i bawb yma, a dweud y gwir – er dy fod ti'n gwybod bod 'na lawer o bobl oedd ddim yn licio ni. Ac mae hynna'n dy wneud di'n foi da. Yn foi da iawn.'

Bu'n rhaid i mi lyncu llawer iawn o ddagrau ar ôl hynny. 'Ond dydi hynny ddim yn wir,' atebais, yn gwybod yn sicr 'mod i'n dweud y gwir. 'Mae'n hyfryd cael bod yn ffrindiau efo chi. Dydi o ddim yn anodd – mae o'n hawdd, mor, mor hawdd.'

A daeth y cyfan allan wedyn – am Mam a Dad a sut oedd hi yn ein tŷ ni, ac am y cyfarfod yn yr ystafell fyw ar y noson y daeth y teithwyr i Lannant, a pha mor unig oedd Mam, a'r hyn ddywedodd hi wrth Dad neithiwr. Cadwodd Meg ei braich amdana i drwy'r amser, ac ar ôl i mi orffen siarad, dywedodd, 'O, Tomi.'

Edrychais i fyny'n araf ar Lewis. Roedd o wedi bod yn dawel iawn.

'Tom,' meddai yntau'n dawel. 'Gad i mi ofyn ffafr i ti.'

'Be?'

'Dwi am i ti ddweud tri pheth sy'n wych am dy dad.'

Syllais arno mewn penbleth. 'Be? Ond ...'

'Gwna fo, plis. I fi. Tri pheth. Does dim raid iddyn nhw fod yn bethau mawr.'

Fedrwn i ddim deall y peth o gwbl. Pam fyddai Lewis am i mi ddweud pethau caredig am Dad, ac yntau newydd glywed yr holl bethau hyll roedd Dad yn eu meddwl am bobl fel fo? Ond roedd Lewis yn dal i syllu arna i dros y bwrdd bach, felly dechreuais feddwl.

Doedd o ddim yn hawdd i ddechrau. Pan o'n i'n meddwl am Dad, ro'n i'n gwylltio ac yn meddwl am yr holl bethau roedd o'n eu gwneud nad oeddwn i'n eu licio. Ond ar ôl meddwl am hynny, fe gofiais i rywbeth. 'Mae o'n dda iawn am wneud milcshêcs, er nad ydi o'n eu gwneud nhw'n aml.' Weithiau, byddwn yn dod adref o'r ysgol a byddai Dad yn llwytho bananas a saws siocled a llaeth a hufen iâ i'r peiriant, a byddai'n gwneud yr ysgytlaeth mwyaf hyfryd i mi, yn drwchus ac yn felys ac yn llawn swigod. Doedd o ddim yn cael dim ei hun, ond byddai'n ei wneud o er mwyn fy ngwneud i'n hapus.

'Da iawn,' meddai Lewis. 'Be arall?'

'Mae o'n hael,' atebais. 'Pan dwi angen dillad

newydd, neu sgidiau rhedeg, mae o'n prynu nhw i mi heb gwyno. A dwi wastad yn cael y crysau pêl-droed mwyaf newydd.'

'Grêt. Un peth arall?'

Ochneidiais. Roedd hi mor anodd meddwl am y pethau da, achos weithiau mae'n haws meddwl bod pobl un ai'n dda neu'n ddrwg. Ond does 'na neb fel 'na go iawn. Mae pawb yn gymysgedd o'r ddau.

'Mae o'n trio edrych ar fy ôl i,' meddwn mewn llais bach. Doeddwn i ddim wedi meddwl am y peth o'r blaen. 'Mae'r pethau cas mae o'n eu gwneud – wel, dydi o 'mond yn eu gwneud nhw achos ei fod o'n trio gwarchod Mam a fi, a'r dre yma i gyd. Mae o'n anghywir, wrth gwrs, ond mae o'n trio.'

Nodiodd Lewis, ac eistedd yn ôl yn ei gadair. 'Da iawn ti, Tom. Dydi dy dad ddim yn ddrwg i gyd, ti'n gweld.'

'Ond be am y brotest?' gofynnais yn ddigalon.

'Paid â phoeni am hynny. 'Da ni wedi hen arfer.'

Chwarae teg i deulu Joni. Wnaethon nhw mo 'nhrin i'n wahanol y diwrnod hwnnw. Roedd pawb yn gwybod mai fi oedd mab y dyn oedd wedi trefnu'r brotest, ond doedd dim ots ganddyn nhw. Buon ni'n chwarae pêl-droed, yn bwyta hufen iâ, yn gwneud dens, yn chwarae gemau cyfrifiadurol. Ac, wrth gwrs, roedd Joni a finnau'n dal i edrych ar ôl Jini, y cyw gwylan, oedd yn dechrau tyfu, ac oedd yn gwneud i ni chwerthin wrth agor ei cheg i aros am fwy o fwyd.

Tua diwedd y dydd, eisteddodd Joni a finnau wrth gist agored car ei dad yn chwarae efo Jini. Roedd hi'n hapus braf ar gledr fy llaw.

'Ti'n meddwl fydd hi byw?' gofynnais.

'Falle,' atebodd Joni. 'Mae'n anodd i adar sydd wedi cael eu magu gan bobl. Dydyn nhw ddim yn gwybod sut i fod yn wyllt.'

'Ond mae hi'n gryf! Ac yn bwyta llawer iawn.' Agorodd Jini ei cheg led y pen, fel pe bai'n deall ein bod ni'n sgwrsio amdani.

'Ydi. Ond bydd y prawf go iawn yn dod pan 'da ni'n ei rhyddhau hi. Falle na fydd hi'n gallu gweld peryglon, am ein bod ni wedi ei magu hi. Gawn ni weld.' Aeth Joni'n dawel am ychydig. 'Dwi'n meddwl mai ti ddylai ei chadw hi.'

'Be ti'n feddwl? Mynd â hi adra efo fi?'

Nodiodd Joni, ac roedd hi'n amlwg fod 'na rywbeth nad oedd o'n ei ddweud.

'Be?' gofynnais.

'Dwi ddim yn meddwl y byddwn ni yma'n hir, Tom.'

Llyncais sawl gwaith i drio dal y dagrau 'nôl. 'Ond ro'n i'n meddwl eich bod chi am ddechrau yn yr ysgol yma!'

'Mae Dad wedi newid ei feddwl. Mae o wedi

clywed am rywle yn y de sy'n swnio fel lle da i dreulio 'chydig fisoedd.'

'Ond newydd gyrraedd ydach chi!'

Gwenodd Joni arna i wedyn. 'Mae'n iawn, sdi. Weithiau 'da ni'n aros 'chydig yn hirach mewn llefydd, ac weithiau 'da ni'n symud ymlaen ar ôl mis. Dyna'r ffordd 'da ni'n byw.'

'Ydi hyn achos Dad?'

Ysgydwodd Joni ei ben. 'Mae 'na ddynion fel dy dad ym mhob man 'da ni'n mynd. Mae 'na lawer o resymau, meddai Dad, ond dwi'n meddwl mai'r prif reswm ydi bod Glannant ddim yn teimlo'n iawn i ni ar hyn o bryd.'

Edrychais ar yr aderyn bach yng nghledr fy llaw. Fedrwn i ddim dychmygu bod heb Joni, er nad oeddwn i wedi ei 'nabod ers yn hir iawn. Fo oedd fy ffrind gorau, wedi'r cyfan.

'Ydi hynny ddim yn anodd?' gofynnais. 'Dy fod ti byth yn cael setlo?'

Ystyriodd Joni am ychydig, cyn ysgwyd ei ben. 'Mae'n anodd gadael ffrindiau, wrth gwrs. Ond dwi wedi setlo efo'r criw sy'n teithio efo fi. Efo fy nheulu mae adra, dim un lle.'

Nodiais, er nad oeddwn i'n deall yn iawn bryd hynny. Dwi wedi meddwl am y peth sawl gwaith wedyn, a thrio deall beth oedd Joni'n ei olygu.

'Gwell i ti fynd, sdi,' meddai Joni ar ôl ychydig. 'Mae

hi bron yn amser i'r brotest yma ddechrau, a 'sa'n well
i ti beidio bod yma pan mae hi'n digwydd. Byddai'n
well i minnau fynd i mewn i'r garafán hefyd.'

Gosodais y cyw yn ôl yn y bocs bach cysurus
roedden ni wedi'i greu iddo.

'Na.'

Edrychodd Joni draw ata i. 'Na?'

'Na. Dwi wedi cael llond bol, Joni. Dwi am aros
yma pan fydd y brotest yn digwydd.'

Pennod 11

Doedd hyn ddim fel fi o gwbl. Ro'n i wastad wedi bod yn fachgen da, ddim yn hoffi creu trafferth i neb, a byth yn sefyll i fyny drosta i fy hun. Fyddwn i'n gwneud unrhyw beth i osgoi ffrae. Ac eto, dyma fi ar fin creu ffrae fawr rhwng Dad a finnau.

Eisteddais yng ngharafán Joni efo'i deulu am saith o'r gloch. Roedd pawb yn chwarae cardiau, a neb fel petaen nhw'n poeni rhyw lawer. Ond roedd y bleinds ar gau, a bob hyn a hyn, roeddwn i'n gweld Lewis yn edrych arna i.

Neidiais pan glywais fy ffôn yn pingio. Mam.

Lle wyt ti, cariad? xx

Rhaid i mi gyfaddef i mi ystyried dweud celwydd wrthi. Ond roedd Mam a fi wedi mynd yn agos iawn, ac roedd rhan ohona i'n meddwl y byddai'n deall yn iawn pam 'mod i yma.

Peidiwch â bod yn flin. Dwi ar Gae Rhianfa efo Joni a'i deulu. Mae'r brotest yn dechrau mewn pum munud ond wna i ddim symud. xx

---

!!!!! Tomi! Bydd Dad yn gandryll!

Dwi'n gwybod, ond mae'n rhaid i fi fod yn ddewr am unwaith. Peidiwch â phoeni, Mam. xx

Ymhen dim o dro, daeth sŵn o'r tu allan. Doeddwn i ddim yn siŵr beth oedd o i ddechrau, ac edrychais o gwmpas ar wynebau Joni a'u deulu. Roedd y rhan fwyaf yn cario 'mlaen i chwarae cardiau, ond roedd Bet yn edrych i fyny, yn clustfeinio.

'Be maen nhw'n ddweud?' gofynnodd, ond fedrwn i ddim deall y geiriau. Codais, ac yn ofalus, ofalus iawn, symudais un o'r bleinds y mymryn lleiaf i mi gael gweld yn well.

'Tom ...' meddai Lewis.

'Mae'n iawn,' atebais. Ond doedd hi ddim yn iawn. Roedd 'na lawer mwy o bobl wedi ymuno efo'r brotest nag oeddwn i wedi meddwl. Mae'n siŵr fod 'na gant o bobl, bron. A chymaint o bobl ro'n i'n eu hadnabod – cymdogion, ffrindiau Dad i gyd, a hyd yn oed Jac efo criw o fechgyn o'r ysgol. Roedd hi'n teimlo fel petai pawb oedd yn bwysig yn fy mywyd yn protestio yn fy erbyn i.

Ac yn y blaen, wrth gwrs, safai Dad, ei wyneb yn goch ac yn flin. Roedd 'na amryw o bobl yn cario posteri a phlacardiau, ond gan Dad roedd y mwyaf, a'r mwyaf cas.

DIM CROESO!!!

'Dim croeso,' dywedais eto, ac roedd rhywbeth yn crafu yn fy meddwl, fel petawn i ar fin cofio rhywbeth pwysig.

'Be?' gofynnodd Bet.

'Dim croeso. Maen nhw'n gweiddi "Dim Croeso" arnoch chi.'

Dwi ddim yn meddwl i mi glywed dim byd mor afiach yn fy mywyd â chriw enfawr yn llafarganu'r geiriau 'Dim Croeso' dro ar ôl tro ar gymuned o bobl oedd yn gwneud dim o'i le.

Ac roedd 'na rywbeth arall ...

'Paid â gwylltio rŵan, Tom ...' meddai Joni.

Beth oedd o?

'Does 'na ddim pwynt ...' ychwanegodd Lewis.

Y placard yn nwylo Dad. Y poster i hysbysebu'r brotest. Roedd 'na rywbeth ...

A dyna pryd sylweddolais i.

'Yr ebychnodau,' meddwn yn dawel.

'Be?' gofynnodd Joni mewn penbleth.

'Ebychnodau – y pethau 'na ar ddiwedd brawddeg sy'n edrych fel i dot ben i lawr.'

'Be amdanyn nhw?'

'Mae Dad yn defnyddio llawer ohonyn nhw. Ar y posteri, ac ar y placard, a... ac ar y blog.'

'Y blog?'

Glan Nant. Sylweddolais yr hyn ddylai fod wedi bod yn amlwg i mi o'r dechrau un. Dad oedd Glan Nant.

Dad oedd yn gyfrifol am sgwennu'r blog afiach, gwenwynig yna. Ro'n i wedi ei ddarllen o, ac roedd o'n llawn casineb tuag at gymaint o wahanol bobl. Ei fai o oedd hyn i gyd. Roedd Glan Nant wrth ei fodd yn casáu pobl, a Dad oedd y person yna.

Wnes i ddim meddwl am y peth. Es i allan o'r garafán heb ofn yn y byd, a cherdded tuag at y protestwyr. Gwaeddodd ambell un arna i, cyn sylweddoli pwy oeddwn i – nid un o'r teithwyr, ond un ohonyn nhw. Yn araf, tawelodd y dorf a stopio gweiddi 'Dim Croeso! Dim Croeso!' Roedd pob man yn dawel, a finnau'n sefyll ar fy mhen fy hun yn wynebu protest gyfan.

Edrychais ar Dad. Roedd golwg fel petai rhywun wedi rhoi slap iddo ar ei wyneb. Syllodd arna i'n gegagored.

'Be ti'n neud?' hisiodd, ond roedd pawb yn gallu clywed. Ro'n i'n sefyll yn ddigon pell i ffwrdd.

'Dydach chi ddim wedi siarad efo'r bobl yma!' gwaeddais, fy llais yn swnio'n uchel iawn. 'Sut allwch chi brotestio yn erbyn rhywbeth 'da chi'n gwybod dim amdano fo?'

Dywedodd Jac rywbeth dan ei wynt, a chwarddodd

rhai o'r bechgyn eraill. Doedd dim ots gen i. Trois fy mhen i edrych arno, a chaeodd ei geg wedyn.

'Tyrd yma, Tomos,' meddai Dad wedyn, a'i lais yn dynn i gyd.

'Na wnaf. Dwi'n gwybod ar ba ochr ydw i. Dad ...' Ysgydwais fy mhen, yn trio dod o hyd i'r geiriau. 'Mae'r bobl yma yn ffrindiau i mi. Yn ffrindiau da.'

'Be?' meddai Dad, a dim gofyn yn flin oedd o, ond yn methu deall.

'Dwi wedi bod yn dod yma bob dydd, a dwi'n eu 'nabod nhw. Dwi'n siŵr y byddech chi'n licio nhw tasa chi'n rhoi cyfle iddyn nhw, Dad!'

'Ti'n rhy ifanc i ddeall ...'

'A dwi'n gwybod mai chi sy'n sgwennu blog Glan Nant. A Dad, dwi'n gwybod eich bod chi'n meddwl eich bod chi'n gwneud y peth iawn, ond mae'r blog yna'n afiach. Mae'n haws gynnoch chi gasáu pobl na'u hoffi nhw.'

Edrychai Dad yn gandryll wedyn. Ro'n i wedi gwneud ffŵl ohono o flaen yr holl bobl yma, ac roedd o'n teimlo'n wirion. 'Dos adra, Tomos! Dim chwarae plant ydi hyn!'

'Dwi'n gwybod nad chwarae plant ydi o! A dwi ddim yn mynd adra.'

Dyna pryd ddigwyddodd y peth mwyaf annisgwyl. Roeddwn i'n gwybod y byddai Dad yn flin ac y byddwn innau mewn trafferth am wneud ffys, ond beth doeddwn i ddim yn ei ddisgwyl oedd gweld ffigwr tal, tenau mewn jîns a chrys-T yn cerdded drwy'r protestwyr.

'Mam!'

Gwenodd Mam yn llydan arna i. Edrychai'n dalach nag arfer, fel petai'n sefyll yn fwy syth.

Cerddodd heibio i Dad fel pe na bai'n ei weld o gwbl, a daeth i sefyll efo fi.

'Mam!'

'Mae'n iawn, 'ngwas i.'

'Mona!' ebychodd Dad. Trodd Mam i'w wynebu – i wynebu'r holl brotestwyr, a dweud y gwir. Doedd dim golwg ofnus arni o gwbl. Meddyliais ar y pryd mor rhyfedd oedd hynny – roedd Mam wedi edrych yn nerfus yn ein tŷ ni ers talwm, hyd yn oed pan doedd neb yna i'w gweld hi, ond edrychai'n llawn hyder o flaen y dorf yma.

'Dim ti hefyd!' meddai Dad.

'Dwi'n sefyll efo Tomi. Mae o'n ddoethach na ni, Dewi.'

'Paid â bod yn wirion! Dim ond hogyn ydi o!'

'Ia!' meddai Mam yn daer. 'A be mae hynna'n ei ddweud amdanon ni?'

Doedd gan Dad ddim syniad beth i'w ddweud nesaf. Bu tawelwch hir, a dechreuodd rhywun yn y dorf lafarganu 'Dim Croeso, Dim Croeso' eto. Er i ambell un ymuno, wnaeth o ddim para'n hir. Safai pawb yn chwithig, ddim yn siŵr beth i'w wneud nesaf.

'Iawn?' Daeth llais o'r tu ôl i mi, a throis i weld fy ffrindiau i gyd – Joni a Lewis a Meg, a'r oedolion a'r plant eraill i gyd. Fy ffrindiau newydd. Rhedodd Bet fach ata i, a dal fy llaw.

'Iawn,' atebais yn bendant, a gwenu ar Joni.

'Does 'na ddim croeso i chi yma!' gwaeddodd rhywun.

Trodd Lewis i edrych ar y dorf, ond ddywedodd o ddim byd. A dweud y gwir, wnaeth neb siarad, dim ond syllu ar ei gilydd.

'Mae hwn yn dir cyhoeddus,' gwaeddodd Dad ar ôl ychydig, ei lais yn dynn i gyd. 'Does gennych chi mo'r hawl i fod yma.'

Syllodd Lewis yn ôl arno a dweud dim. Roedd hynny'n artaith i Dad – wedi'r cyfan, mae'n amhosib cael ffrae ar eich pen eich hun.

'Bydd raid i chi fynd!' galwodd Dad wedyn.

'Mae croeso i chi ddod i mewn i gael paned os ydach chi eisiau trafod,' meddai Lewis yn ddigon cyfeillgar. Ysgydwodd Dad ei ben, a gyda hynny, trodd ar ei sawdl a cherdded i ffwrdd. Gwyliodd Mam a fi wrth iddo ddiflannu drwy'r bobl.

Roedd y brotest ar ben.

'Fedra i ddim coelio eich bod chi wedi gwneud

hynna!' dywedais wrth Mam gan ysgwyd fy mhen. Gwenodd hithau'n hapus braf.

'Dwi'n fwy dewr na dwi'n meddwl, wsti.'

Daeth Meg aton ni. 'Mam Tom wyt ti, ia?'

Nodiodd Mam, gan edrych yn ansicr yn sydyn iawn.

'Pam na ddoi di draw i'r garafán am baned? Roedd yr hyn wnest ti rŵan yn dipyn o beth. Wel. Ti a Tom.' Llyncodd ei phoer ac edrych i ffwrdd, fel petai'n trio dal dagrau yn ôl. 'Does 'na neb wedi gwneud dim byd tebyg o'r blaen. 'Da chi'n bobl dda.'

Arhosodd Mam a finnau yn y garafán nes iddi nosi. Edrychai mor hapus yn sgwrsio a chwerthin efo Meg, a chafodd gwrdd â phawb, a dal yr wylan fach yn ei llaw.

Wrth i ni gerdded adref yn y tywyllwch, dywedodd Mam, 'Dwi mor falch ohonat ti, Tom.'

'Dwi'n falch ohonach chithau, Mam,' atebais, ac er ein bod ni'n gwybod y byddai 'na drafferth efo Dad, roedden ni'n dau yn berffaith hapus.

Pennod 12

Byddwn i'n hoffi dweud bod popeth wedi bod yn iawn ar ôl hynny – bod Joni a gweddill y teithwyr wedi penderfynu aros, a bod Dad wedi callio a chyfaddef ei fod o'n anghywir, a Mam wedi aros yn hapus drwy gydol yr amser.

Ond mae'n well i mi ddweud y gwir.

Gadawodd Joni a'r teithwyr yr wythnos wedyn.

Roedd Dad yn dal yr un fath. Wnaeth o ddim sôn gair am yr hyn a ddigwyddodd y noson honno yn y brotest, nac am Joni na gweddill y teithwyr. Fe wnaeth Mam wella ar ôl ychydig, a mynd i weld meddyg am ei bod hi'n ddigalon o hyd. Dechreuodd fynd i ddosbarthiadau tynnu llun bob nos Fawrth, ac ymuno â chymdeithas gerdded yn y dref, a chafodd ffrindiau newydd. Ond doedd Mam a Dad ddim yn siarad efo'i gilydd yn iawn, fel roedd rhieni Joni wedi gwneud.

A fi?

Mi wnes i ffrindiau newydd, ac ro'n i'n hapus. Mi wnes i addewid i mi fy hun: petawn i'n cael plant ar ôl tyfu i fyny, byddwn yn gwneud yn siŵr 'mod i'n eu dysgu nhw sut i wneud pysgod anferth allan o gerrig môr, a sut i wneud dens, a sut i groesawu pawb o hyd, waeth pwy oedden nhw na beth oedd yr amgylchiadau.

Mi fyddwn i'n dysgu misoedd y flwyddyn iddyn nhw hefyd, yn hen enwau'r sipsiwn, achos roeddwn i am gofio am yr haf yna pan ges i dreulio mis yr ŷd efo Joni.

Nofelau eraill ar gyfer darllenwyr 12–14 oed

Gwennol

Sonia Edwards

JON GOWER

ACADEMI MR DŴM

caa
CYMRU

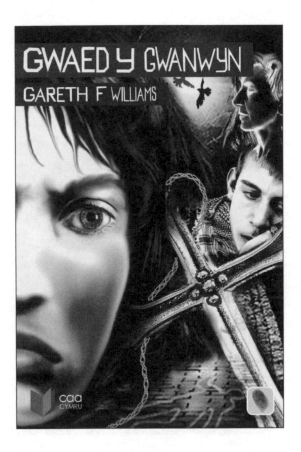

GWAED Y GWANWYN

GARETH F WILLIAMS

GERAINT EVANS

NEMESIS

caa
CYMRU